第一章 ✸ まさかのご近所さん

1

ハ[illegible]がいつも担当している。

こ[illegible]ンも料理はからっきしだからだ。ちなみに、生前の父さんも。

じ[illegible]どうしていたのかというと、近くに町があったのでそっちに食べに行ったり、[illegible]てきて冷蔵庫に保存したり、あとは簡単なおかずを頑張って作ったりでどう[illegible]ていたらしい。僕は異世界（こっち）の料理がどんなだったかをはっきり覚えていない。[illegible]魔術を使って料理しようとしてキッチンカウンターに傷を付けたのだけは強[illegible]

なお[illegible]すと母さんは曖昧な笑みを浮かべてから逃げた。

——ともあれ、だ。

「このおひたし、美味しいわねえ」

「ん、香りがいい。あと、甘い」

「うん、おひたしにして正解だった」

「スイくんが作る料理はどれも本当にすごいわ。いつもありがとう」

「ヴィオレさま、スイのこの技術は国に見付からないようにしないと。宮廷料理人として召し抱えるとか言われたら大変」

「大丈夫、あいつが私にそんなふざけたこと言うはずないわ」

「……なんだか剣呑なんだよなあ」

　褒めてくれるのは嬉しいけど、こっちで母さんとカレンがどんなふうに過ごしてきたのかが言葉の端々から垣間見えて、すごく気になる。国王ってふつう、めちゃくちゃ偉くて平伏しないといけないやつなんじゃないの……？

　まあ今は誰も来ない森の中だし、いっか。

「おひたしが合うし上手くできたからいいものの、相変わらず謎の野草なんだよなこれ……」

「『虚の森』の生態系はわかっていないことの方が多くて、自生する植物にも名前自体が付けられてなかったりするのよね。でもたぶん、ほうれん草の近縁種だと思うわ」

「え、ほうれん草あるの、こっちの世界」

「あるわよ？」

「まじか……いま畑に植えてるのに」

「だいじょぶ、あっちの世界の野菜は品種改良でこっちのよりも遥（はる）かに洗練されてる。だからスイの育てるのの方が絶対に美味しい」

「あー、なるほど」

とすると、特に種とかは無闇に外に持ち出さない方がよさそうだ。

ちなみに外の倉庫にあった野菜の種にも『食糧庫（ストック）』の魔術は有効で、収穫に気を遣わなくていい。ほうれん草などは雌雄異株（しゆういしゅ）なので、雄株と雌株をそれぞれ薹（とう）が立つまで育てて……となかなか面倒みたいだから、種が減らないのはありがたかった。

「でも、こっちの食材も美味しいやつが多いけどなあ。今日のメインディッシュの肉とか」

「ん……角（つの）ボアは森の外にも生息してる。ただ脂の香りも肉質も、ここまでじゃない。たぶん『虚の森』だから」

「はぐ……わうっ！」

「うん、ショコラが仕留めてくれたもんな、えらいぞ……でも食べるか鳴くかどっちかにしような」

「はぐっ」

「食べる方にしたかあ。……まあ、お肉ってなにを食べて育ったかが大きいよね。この森はそれだけ豊かってことか。それにしても、生姜（しょうが）持ってきてくれてありがとう母さん」

「よかったわ。香辛料はきっと足りてないと思ったから」

「猪(いのしし)……豚肉といえば生姜焼きだからさ。角煮は時間がかかるから夜になるけど」

「そっちも楽しみだわ」

「圧力鍋があって本当によかったよ。ただ八角に似たやつがなかったから、ちょっと不満なんだよなあ。やっぱり一度、街には行ってみたいかな」

　異世界ならではの野菜とか果物がきっとある。

　甘味(かんみ)も相変わらず不足してるんだよね。問題は果物と乳製品だ。いっそ家の裏手を広めに切り拓(ひら)こうか。一角をちょっとした果樹園にして、あとは牛……はさすがに無理としても、山羊(やぎ)とか飼いたい。

　そんなことを考えていると、生姜焼きとおひたしを完食した母さんが箸を置く。

「ごちそうさまでした、スイくん。美味しかったわ、ありがとう。……街だけど、こっちの生活も落ち着いてきたことだし、そろそろ行ってみましょうか？」

「おそまつさまでした。え、いいの？」

「通信水晶(クリスタル)で連絡はしてあるんだけど、さすがにそろそろ顔を出して報告しないといけないかなって。頼んでいる支援物資も到着しているはずだし」

「え、なにそれ……」

　聞けば母さんは、僕らの転移に備えて国営の組織にいろんな準備をさせていたらしく、森の南端にあるシデラという村（と呼ばれてはいるが規模は街みたい）に、かなりの量の支援物資を運び込んでもらっているそうだ。

「それ、いいの？　迷惑かけてない？」

「大丈夫よ、物資の代金も倉庫の場所代も関わった人たちのお給料もなにもかも、全部お母さんの私費だから」

「ええ……」

「スイ、ヴィオレさまは世界有数の魔導士。お金なんて腐るほどある」

「まじかよ……」

でも母さんに全部を賄ってもらうのは申し訳ないというか、このままだとただ養われてるだけなのではという気がする。それに、せっかくだから自分でもお金を稼いでみたい。

……と言おうとしたのだが、母さんがあまりにも得意げな、それでいて嬉しそうな顔をしているので今はやめておこう。

そうこうしているうちに僕もカレンもショコラも食事を終えたので、みんなでごちそうさまをして片付けに入る。母さんは意気揚々と皿洗いを買って出た。そんなにも『母親らしいことができるのが嬉しくてたまらない』って態度だと、こっちの方が照れてしまう。

「ねえカレン。確か、街まで行くのってけっこうかかるんだよね」

「ん、行きは私たちだけなら五日くらいでだいじょぶ。不眠不休なら三日で済むけど、そんなに急いでも仕方ない。ただ帰りは物資があるし……ヴィオレさまー、蜥車は手に入るの？」

「蜥車ー？　用意してもらってるわ。甲亜竜が調達できたって連絡が、昨日来てたし」

洗い物を続けながら答える母さん。

「その蜥車っていうの、森の中は大丈夫なの？」

「場所によってはちょっと厳しいわねえ。樹を伐採しながらになるかも。それでもみんなでやれば、街道と変わらない脚で行けると思うわ」

魔物が襲ってきても――それが変異種であっても、たぶん僕らなら退治は容易だろう。僕らというか、特に母さんがだけど。

「ん、街道と同じなら、五日くらいで済むかも」

「要するに森の中だからどうしても脚は遅くなる、と」

「そういうこと」

だったら本当に森を切り拓いて街道を整備すればいいのではと一瞬思ったが、それができるならここは前人未到の魔境だなんて呼ばれていないのだろう。素人の浅知恵だ。

「行くとして、家を長期間留守にするのだけがちょっと不安だなあ」

「だいじょぶ、今のスイなら、遠隔からでも結界は作動するはず」

「いや確かにそうなんだけどね。遠くにいても全然できる気がするし。それでも、なんというか気分の問題で……」

どんな環境でも不安になっちゃうもんなんだ、長期間の留守ってのは。

「本当に心配ならお母さんだけで行ってきてもいいけど……スイくんも一度、街を見てみたいわよね」

「それはそうなんだよねえ」

皿洗いを終えて戻ってきた母さんも加え、三人と一匹で食後の団欒に入る。話題の中心はいつ街に行くか。二、三日のうちには出発することにはなりそうだ。行きに五日かかるとして、準備ってどんな感じになるのかな——。

などと考えていると、

「わう！　わんわん！」

丸まっていたショコラが急にぴょんと立ち、縁側——庭先へ向かって吠え始めた。

「どうした？」

「……もしかして、変異種がまた攻めてきた？」

「いや」

この吠え方は、危険が迫っているというのとは少し違う。

警告や威嚇ではない。

向こうでも似たような吠え方をすることがあった。父さんの会社の人とかご近所さんが玄関先に立ってチャイムを鳴らす寸前に、それを察知して。

『なんか来たよ』ってただ報せるような……でも、この家にお客?」

「わうっ!」

怪訝に思いながら、掃き出し窓を開ける。

そのまま軒先に置いてあった靴を履き、庭に出ると。

「え」


——それは、空からやってきた。


まずは上空に、翼を広げたままゆっくりと滑空する姿が見えた。

そこからすうと、音らしい音もなく、どんどんこっちへ向かって、つまりアップになっていく。

巨きい。目算で——いや何メートルだ? 見当もつかない。

爬虫類っぽくはありながら、ワニにもヘビにもトカゲにもちっとも似ていない、どこか荘厳さの漂う顔。頭部にある角は鋭く、それでいて美しい。

全身を覆う鱗は光を反射して、部位によって青にも白にも緑にも見える。

背中の翼は勇壮に大きく広げられ、どこか戦闘機めいた機能美を彷彿とさせた。けれど物理法則に従って飛んでいるとはとても思えない。太い胴体からは隆々とした尾が伸び、獣のような四肢が生え、空を舞うに任せてだらりと垂れ下がっている。

それは我が家の上空でわずかに翼をはためかせつつ静止すると、そのまま真っ直ぐ、垂直離着陸機みたいに庭へと降り立った。

ぶわ、と風が舞う。

ただし、庭の四分の一ほどを占拠する全長に反して、至極ささやかな。

結界は作動しない。つまり短期的未来において、それは僕らに、僕らの家に、危害をまったく加えないということ。

恐怖よりも驚きよりも、その美しさにぞくりと肌が粟立った。

顔、身体、翼、四肢、そして穏やかな知性をたたえた双眸。

確かにこれに比べれば、初日に出くわしたワイバーンなんて、でかくて羽が生えただけの蜥蜴だ。

「竜族……」

夢を見ているような心地でつぶやいた僕に、その竜は言った——僕らと同じ言葉を、しゃべった。

「急にすまん。天鈴殿の魔導を感じたもんで、気になって来ちまった。あ、庭に降りたのまずかったか？」

「いや意外にフレンドリー」

2

その竜は、ファーヴニル氏族のジ・リズと名乗った。

母さんと、それから父さんの知己だそうだ。


「そっかあ……カズテル殿、逝っちまったのか」

庭に出てきた母さんから父さんの話を聞き、ジ・リズさんはうなだれる。

僕らの身体をひと呑みにできそうな巨体は、その両目も大きくてバスケットボールくらいあるだろう。そんな瞳からぽろぽろと雫がこぼれ落ちる――宝石みたいに綺麗な涙を、父さんのために流してくれていた。

「人の寿命が短いことはわかってたつもりだったが、二十年ぽっちで会えなくなっちまうとはなあ。ごめんな、カズテル殿。今度、あんたの好きだった酒を持ってくるからよ。一緒に飲もうや。……『我が友輩の思いよ、天へ舞い上がれ。無限の空に溶け常に我らとともに』」

庭の隅、父さんの遺髪を埋めた場所に頭を下げて口先を近付ける。最後のはたぶん、竜族ならではの祈りの言葉なんだろう。

ありがとう、と言うのも違う気がしたので、僕も一緒に目を閉じて祈る。

黙禱(もくとう)が終わるのを待って、彼（彼なのか……？）に問うた。

「ジ・リズさんは、うちの両親とどこで知り合ったんですか？」

「おお、あんたはふたりの子供か！　そういや最後に会った時、ちっこい雛(ひな)がいたっけなあ。さすがに儂(わし)のこと覚えちゃおらんだろ？」

「わお。お会いしたことあったんですね……」

なんとびっくり、僕はもうドラゴンを見たことがあったのだ。赤ん坊だったのが悔やまれる。

「むー。私も覚えてない」

「お、エルフの嬢ちゃんもまだよちよち歩きだったもんな。そこのクー・シーは儂のこと覚えてるか？」

「わう？」

「ダメか……まあ、しゃあねえなあ」

頭を水平にすっと沈めるジ・リズさん。

どうも、人間でいうところの肩をすくめる動作なようだ。

「それで、天鈴殿とカズテル殿に出会ったきっかけだったか？　儂はついこの前まで、もっと南の方にいたんだがな。その時に山深くまで入ってきたふたりと、たまたまな。カズテル殿が儂のことをワイバーンと一緒くたにしやがってな。それで、儂がキレた」

「うわあ」

竜族と亜竜はまったくの別物で、同じふうに扱うと（竜族の方が）怒る——前にカレンから聞いていたので知識があったけど、そうじゃなかったら絶対に僕だってやる。異世界で生まれ育った父さんは言わずもがなだ。

「だが、儂がキレて火を吹きかかったところで天鈴殿が更にキレてなぁ」

「ちょっとジ・リズ、黙りなさい」

「そのあとは大激闘よ。三人で暴れた結果、儂の住んでいた山ひとつほぼなくなりかけた。いやあ、あの時の天鈴殿っつったら、そりゃあおっかなくて……」

「おいジ・リズ、私は黙れって言ったのよ」

「母さんなにしてんのさ……いや昔じゃなくて今ね？　なんか魔力練ってない？　僕、そういうのわかるようになってきたんだからね？」

「っ、と……違うのよスイくん。大丈夫、なにもしないわ」

「おお、あの天鈴殿を言葉ひとつで止めるとは。坊主、やるじゃねえか。カズテル殿は止められなかったのによお」

「ジ・リズ？　本当に、あんた、丸焼きにしたあとで冷凍するわよ？」

「わかった、わかったから。古い友達だってのはわかったから！」

ジ・リズさんは面白がってるし、母さんは殺気立ってるし、カレンはなんか楽しそうに見てるし、ショコラは我関せずで虫を追いかけてるし。

「それにしてもあなた、新しい住処を探すってガガセズ山からいなくなったと思ったら……虚の森にいたのね」

「貴殿らこそ、よもやこんなところに引っ越しているとは思わんかった。まあ、融蝕現象はどこに起きるかわからぬものな。二度めも同じ座標とは限らん。……しかしこんな深奥部で普通に暮らしているとは、小さき身でよくもまあ、あってなもんよ。さすがふたりの息子なだけあるな、坊」

「あ、ありがとうございます」

ドラゴンに褒められてしまった。

こんな経験、日本にいたら絶対できなかったな……。

「ジ・リズさんはどの辺りに住んでらっしゃるんですか？」

「おお、ここよりももっと北に山脈があるだろう？　そのうちのひとつに竜族の集落があってな。今はそこで所帯を持ってる」

「もっと奥か……危なくないんですか？　この森ってなんかやばいところなんでしょ？」

問うと、ジ・リズさんは首を傾げた。

「む？　ぬし、誤解してんな。そうか、こっちの知識がまだ浅いのか」

「そういえばそういうの、詳しくは説明してなかったわね」

母さんが代わりに教えてくれた、いわく。

この森は大陸の東部に広がっており、深奥部がいわゆる『神威の煮凝り(しんいのにこごり)』――魔力坩堝(るつぼ)が発生しやすく消えにくい地域となっている。今まさに僕らが居を構えているこのあたりである。

ただ『深奥部』とは『森そのものの中心部』であり、ここから東西南北どこへ行っても中心部から離れる、つまり森は浅くなるのだ。

僕は『南に人の街がある』という情報から、漠然とそれを起点に――「ここから北に行けば森はもっと深くなる」と勘違いしていたのだった。

「まあ正直、この辺りの空気は儂でもちっとばかり尾っぽがぴりぴりする。変異種の縄張りに引っ掛からん上空からなら問題ねえが、地上を歩き回るのはなあ」

「でも竜族(ドラゴン)なら変異種も余裕なのでは？」

「んなわけあるかい！　儂くらいになれば一対一で正面からなら負ける気はせんが、大概の同胞は変異種(あれ)を前にすれば、同じ条件で五分五分ってところだ。向こうの方が数が多かったりでもすりゃ、儂でも手こずるし、なんなら逃げる」

「えっ、母さん、変異種のグリフォン二頭を瞬殺してたよね？」

「おい天鈴殿、貴殿の息子、ものの常識がまったくわかっとらんぞ」

「大丈夫よスイくん、あんな魔物、何百匹来ようとお母さんに任せなさいな」

「……儂、もうなんも言わんとこ」

なんとなくわかってきた。

うちの母さん、とんでもなく強い。そしてカレンもおそらく、とんでもなく強い。ショコラも言わずもがなでとんでもなく強い。僕は――正直、どうなんだろうな。変異種の攻撃でもびくともしない結界は発動できるけど。

「しかしまあ、ご近所さんができたっつうのはいいことだ」

ジ・リズさんが目を細めて牙を剝(む)いた。たぶん笑ったんだろう。牙を剝いたにしては愛嬌(あいきょう)が感じられたから。

「今度、うちまで遊びに来な。人の脚にはちっと遠いが、儂の背中に乗ればすぐよ」

「背中ですか!?　ドラゴンの背中！　飛んでくれるの!?」

「お、おう……急にぐいっときたな……」

いやそりゃ興奮もする。古今東西のファンタジーにおいて、竜の背に乗って飛ぶのは鉄板にして最高のイベントだろう。「男の子ってこういうの好きなんでしょう？」の典型みたいなやつだ。男の子とか女の子とか関係なく好きだろと叫びたいくらいのやつだ。父さん母さん、僕を異世界に産んでくれてありがとう。

「まあ、魔術で守るから風も心配いらんし間違って落ちることもない。うちの雛どもも、なんなら集落の奴(やつ)らも歓迎するだろうさ。だからいつでも……」

僕が喜んでいたのに気をよくしたのか、得意げに語るジ・リズさん。

「そうね、そうだわ」

その言葉を遮って母さんが不意に、思い付いたかのように手を叩いた。

「ジ・リズ、ここから南に人間の街があるの。シデラっていうんだけど……ちょっとそこまで私たちを乗せていってくれる？」

「えっ、儂の話聞いてた？」

「聞いてたわよ、私たちを乗せて飛べるんでしょ？　丁度よかったわほんと」

「そこしか聞いてねえ……」

「行きの五日間が短縮されるから、スイくんの不安もだいぶ軽くなるわ。よかった、いいところに来てくれたわね。……みんな、今からは支度できる？　物資を取りに行きましょう」

全員が唖然とする中、母さんだけが満面の笑み。

「いやちょっと待ってよ母さん。こっちの支度はともかく、ジ・リズさんにもご都合が……」

「かはははは！　相変わらずだな天鈴殿。その強引さ、懐かしくもあり小気味良くもある。まあええわ、南にある人の街だろ？　儂にとっちゃすぐよ」

「え、いいんですか……？」

「天鈴殿の我儘にまごついて申し訳なさそうにするその顔、カズテル殿にそっくりだなあ。いい、支度をしろ。ぬしらの翼になってやっからよ」

「……っ、ありがとうございます！」

ジ・リズさんの目が優しく細められ、そうなるともうせっかくのご厚意を無下にするのがし

のびない。

　あまりに急ではあったが、そういうことになった。

3

　ここから南下して、森の切れ目となる場所に目的地のシデラ村はあるという。

　ジ・リズさんいわく、およそ二時間もあれば着くだろうとのこと。では彼（男性だった）が住んでいる北の山脈まではというと、三十分程度。

　山の方が遥かに近い。四倍も飛ばさせることになってしまって申し訳ない……と同時、僕らの家って本当にでっかい森のただ中にあるのだなあとしみじみ思う。

　ちなみに旅の支度であるが、

「なんなら手ぶらでもいいわよ。着替えも含めて向こうで全部揃(そろ)うと思うから」

「うん、必要なもののリストはスマホにメモしてるし……あ、スマホ(これ)って向こうで人に見られるとまずいかな」

　通信こそできないが、メモ帳や電卓などオフラインでも使える各種アプリはたいへん重宝するので、充電できるようになってからはちょいちょい活用しているのである。

「『よくわかんない魔導補助具』くらいに思われるんじゃないかしら？　スイくんの結界があ

れば盗まれることもないだろうし」

「なるほど……てか、スリなんかにも対応できるのね僕の結界」

実際にそうなったことはもちろんないが、なんとなくできるような気はする。たぶん、すれ違う際に盗む側の手が弾かれる。

「あ、そうだ！　冷蔵庫の肉、どうしよう」

ひとつ問題があったのを思い出した。

「行きはいいとして、帰りは大荷物を積んで蜥車、だっけ。馬車みたいなやつで帰るんだよね？　一週間から十日くらいかかるって聞いた。向こうで泊まったりしたら半月は見とかないといけないし。冷凍庫のはともかく、冷蔵庫のはさすがにダメになっちゃう」

「そうねえ。だったらジ・リズにあげちゃいましょうか」

「ジ・リズさん、食べるの？」

「食べるんじゃないかしら。たぶん」

最近わかってきたことがある。

母さんは家族が関わってない事案に関しては割と適当である。

というより、きっと本来の母さんはざっくりした感じの、悪く言えば大雑把な性格なんだろう。今は、特に僕に対して『いい母親』であろうと気を張ってくれていて、だから細やかに見えるだけなのだ。

決して無理をしているわけではない。息子や娘に対していい母親でありたいと思うのもまた、家族ってものだ——逆(僕)もまた然(しか)りだったし。

ただ、今でなくてもいいから、いつか僕に対しても気を抜いてほしい。家でだらける母を息子が叱るなんてのもまた、家族ってものだから。

「じゃあ、ちょっと尋(き)いてくるね」

僕はいったん庭に出た。

「すいませんジ・リズさん。実は角(つの)ボアの肉がけっこうな量あって……って、なにしてるんですか？」

靴を履きながら声をかける。と、彼はなぜか後ろ……門の方に身体を向けていた。

「おお、丁度よかった。坊(ぼん)、塀の外のあそこら辺は獲物を捌(さば)く時に使ってんのか？」

「あ、はい。解体場にしてますけど」

大きな首をひょいっともたげ、塀越しに解体場を覗(のぞ)き込むジ・リズさん。やっぱ改めて見ると、迫力とか威厳とか、この間のワイバーンの比じゃないな……。

「ふむ、なるほど」

彼はゆったりと頷(うなず)くと、身体を丸めて尻尾の先を前方——自分の顔の前に掲げた。

ゆらり、と。ジ・リズさんの纏(まと)う気配が揺らぐ。

いや気配ではない。これは魔力か。

直後。

彼の尾、その先端に、傷が走った。

「え」

鱗ごとばっさりと深くついた切り傷は赤い筋となり、血をぼたぼたと垂らし始める。

「ちょっと、それ、は？　ひょっとして自分で……？」

「おう、心配いらん」

ジ・リズさんの尾から流れる血はそのまま塀越しに、解体場——正確には獲物の血や内臓を捨てている穴の中へ、こぼれ落ちていく。赤い雫は注がれるワインみたいに土に染み込んでいき、やがて十秒ほど経ってから、ぴたりと止まった。

「傷、大丈夫ですか？　痛くなかったんですか？」

「ふっ、ぬしは優しい子だな。問題ない、竜族の外傷はすぐ治るのよ。もう傷は塞がったし、綺麗さっぱり跡形もないぞ。飲ませた血も儂にとっちゃたいした量じゃない」

「よかった……でも、なんでこんなことを？」

優しいと褒めてはくれたが、あまりにも行動の意味がわからなさすぎて傷の心配くらいしかできなかった、というのが本当のところだ。

ジ・リズさんはにやりと牙を剥いた。なんとも悪戯（いたずら）っぽい感じに。

「うむ。なんと言えばいいか。まあ、浄化か？　……実は儂にも上手くは説明できん。われら竜族（ドラゴン）は人よりも直感的な生き物でな。『浄化』ってのも、無理矢理に言葉とすればそんなもんになるかなあ、くらいのもんで……有り体に言ってしまえば、なんとなくこうした方がいい、と感じたのでこうした」

「全然わかんないけど……そういうことなら、はい。わかりました」

　僕が頷くときょとんとされる。

「なんだ、こんな説明でいいのか？」

「いやまあ……ジ・リズさんとうちの両親は、お友達なんですよね？」

「そうだな、友、そう形容するのがいいだろう」

「父さんと母さんのお友達がやったことなら、悪いものじゃないですよ。まあ確かにびっくりしたし訳わかんなかったんですけど」

　父さんのためにあんな綺麗な涙を流してくれた竜（ひと）が、僕らに害となることをするわけがない。

「それにもし悪いことだったら、僕の結界が反応してますから」

「くく。さすがカズテル殿の息子だ。あの力も親譲りか」

「まだ自分でも使いこなせてない感じがあるんですけどね。そっか、僕の魔導（これ）と似たようなもんか。理屈はよくわかんないけどなんとなく、ってやつ」

「うむ、そう思っておけ。ところで支度はできたか？」

「あ、そうだった」

ジ・リズさんに改めて肉の話をすると、ふたつ返事でもらってくれることになった。冷蔵庫のスペースを半分くらい占拠していた肉の塊も、竜にとってはおやつ感覚。その場でばくりと数口で平らげてしまった。

生でいいのかよとたいへん驚いたが、竜族（ドラゴン）はどちらかといえば肉そのものではなく魔力を主に味わうようで、調理などはほとんどしないらしい。深奥部に棲（す）む獣の肉は美味（うま）いなとたいへんご好評だった。今度、お礼にもっと大量の肉を差し上げよう。

――ともあれ。


「じゃあジ・リズ、お願いね」

「お願いします」

「すいません、ありがとうございます」

「わうっ！」

「応、任されろ。儂の周囲に大気の座を編むから落ちることはないが、なにぶん背（せな）の鱗は硬い。痛くなったら立ったりして身体を動かせ」

三人と一匹を乗せて、竜はふわりと宙に浮いた。

そのまま一気に離陸し、僕らの歓声は空に溶けていく。

4

ドラゴンの背中から見る景色は雄大だった。

ぐんぐんと小さくなっていく我が家、逆に視界を埋めるのは一面の緑。

『虚の森』は僕が想像していたよりも遥かに広く、ジ・リズさんがどんなに上昇しても果てが見えないほどだった。

こんな中にぽつんと転移した我が家はほんといったいなんなんだよ……。

「北に山脈があるだろ？　あのうちのひとつに儂らの集落がある」

ジ・リズさんが後ろを振り返るように促す。

その声はまるで隣にいるみたいによく聞こえた。

魔導による保護だそうだ。背中に乗った僕らは上昇と高速飛行にまつわるあらゆる変化からがっつりと護られていた。

かなりの高度に達していても気圧や温度は変わらないし、風を切っているはずなのに風圧も感じない。背中とその周辺に防壁みたいなものがあるらしく、逆にそこから出られない――飛び降りようとしても不可能、みたいな状態なのだそうだ。

「今と同じように昔、この背中に乗って飛んだことがあったわ」

　空を、遠くを眺めながら母さんが懐かしそうに言う。

「父さんと母さんのふたりで？」

「ええ、あなたがまだ生まれたばかりの頃よ。こんな長距離じゃなかったしたった一度だけだったけど、思えば、もっと乗せてもらっておくべきだったかしらね。……あの人も、スイくんみたいにすごく喜んでた」

「そりゃあ喜ぶよ。ロマンの塊だ、これ」

「というわけでジ・リズ。あなた、これからも私たちを手伝ってくれない？　通信水晶（クリスタル）を渡しておくから」

「竜族（ドラゴン）を脚がわりに使おうとするの、世界広しといえど天鈴殿、あんたくらいだぞ……」

「いいじゃない。さすがにそんな頻繁には呼びつけないし、お礼もするわ」

「でも母さん、ジ・リズさんの迷惑になるようなことは……」

「よい、坊（ぼん）……いや、スイよ」

　母さんの横暴な要求に、しかしジ・リズさんは笑って応える。

「儂もな、後悔してる。竜族（ドラゴン）の寿命は長く、時の重ね方も人とは違う。儂らが茫漠（ぼうばく）としている間に、ぬしらは生き、老い、死んでいく……儂がなんとはなしに費やしたたった、たった二十年足らず、で、友と語らい、共に過ごす機会をどれほど失ったか。……今度は間違いたくねえ。ぬしが飽きるまで背中に乗せてやろうさ、我が友の息子、新たな友よ」

「ジ・リズさん……」

彼のその言葉に、ショコラとのことを思い出した。

僕は少し前までショコラを普通の犬だと思っていた。死期が近い老犬だと勘違いしていた。でもだからこそ、日本(あっち)にいる頃からずっとずっと考えてきた。

たとえば僕が三日間ショコラと会わずにいたとして、それはショコラにとっても同じ長さの三日間なんだろうか？　仮に人が九十歳、犬が十五歳まで生きたとして。九十年のうちの三日と十五年のうちの三日では、長さも密度も違うんじゃないか？　――と。

たぶんジ・リズさんは、あの頃の僕と同じことを考えているのだろう。

「わう？」

僕の視線に気付いたショコラが首を傾げる。

「なんでもないよ」

「くーん」

なのでわしわしと身体を撫(な)で回(まわ)しつつ――もう片方の手でジ・リズさんの背中に触れる。

彼がいま幾つなのかは知らない。ただ少なくとも彼にとってみれば僕なんて、きっと赤ん坊みたいなものだ。

けれど彼は僕のことを『坊(ぼん)』と呼ぶのをやめた──やめてくれた。

僕は、だから。

その気持ちに敬意を払い、言葉遣いを改めよう。

「ありがとうジ・リズ。あなたは僕がこちらに帰ってきてできた、最初の友達だ」

「なんと、そうか。そいつはいい、実に光栄だ！」

竜はがははと笑い、より一層、飛ぶ速度を上げる。

僕は眼下に広がる地上の景色よりも、すぐ横を通り過ぎていく雲よりも──掌(てのひら)に伝わる硬い鱗の感触の方に、胸が熱くなった。

†

スマホのストップウォッチで離陸から到着までの時間を密(ひそ)かに計っていた。

それによると、ジ・リズの背中に乗って飛び立ってから二時間と十二分。

森の終わりが目視で確認できるようになり、そこに隣接していたのはけっこうな大きさの都市だった。

「あれがシデラ？」

僕は後ろにいるカレンに問う。

「ん、そう。シデラ村」

「いや、村って感じじゃないんだけど……」

まだ距離はあるからミニチュアみたいだけど、それでもはっきりとわかる。

全景は三日月状。森の切れ目に沿うようにして、建物が密集している。

建ち並ぶのは地味めながら色とりどりの家屋や施設、つまり煉瓦と石でできた建物だ。やや雑然としていながら道路で区画分けもされていた。

なにより目立つのは、森との境目に積み重ねられた長大な塁壁。

「これはもう都市でしょ……。それとも、こっちの世界だとこの規模でもまだ『村』の範疇なの？」

いや確かに『村と呼ばれてはいるけどちょっとした街だよ』みたいなことは教わってたけども。だからってここまでとは思わないだろう。

僕の疑問にカレンは小首を傾げた。

どうも彼女もよくわかっていないらしく、母さんに助けを求める。

「そういえば、なんでシデラは『村』なの？　ヴィオレさま」

「ああ、どうでもいい慣習なのよ」

母さんは軽く肩をすくめながら、カレンの代わりに教えてくれた。

「ソルクス王国の行政区分上、貴族が統治していない集落は規模に関係なく『村』と定義されるの。シデラは自治区というか、冒険者ギルドの支部長が統治者を代行していてね。でも国は冒険者なんぞに爵位は与えたくない、冒険者も爵位なんか欲しくない……ってことで、いつまでも村って呼ばれてるわけ」

「なるほど……」

こんな大都市を村にしたままなのは不合理だと思ったけど、政治とか国の制度とかいろいろしがらみがあってのことらしい。

「国から貴族が統治者として派遣されてきたりはしないの？」

「さあ、そこまではわかんないわ……でも、打診があっても断ってるんじゃないかしら」

「断れるんだ。てか、この国の王さまってどんな人なの？」

「そうね……愚王じゃないけど賢王でもない、善政は敷いてるけど改革を断行する度胸はない、みたいな。悪い人ではないわ。王妃に頭が上がらないからやりやすいのよね」

「そ、そう……」

いやほんと、うちの母さんって何者で、国でどんな立ち位置なんだ。

魔導士としてトップクラスの証（あかし）である『魔女』の称号を持っているとは聞いた。ただ、たぶんそれだけじゃ国王に対してあんな評価を平気でくだしたり、腐るほどの私財を僕らの捜索に投入したりはできないだろう。

なんとなく深掘りするのが怖くて曖昧なままにしていたけど、今度しっかりちゃんと尋いておくべきかもしれない。

――まあ、どんな地位や財産を持っていたって、母さんは母さんだよね。

「スイ、そろそろ近付いてきたから速度を落とすぞ」

「うん、ありがとう。どこに着陸するの？」

「そうさなあ、まずは塁壁の上にでも止まってから街に降りられるか尋くか」

「じゃあそれで！」

ジ・リズの提案に返しながら、僕の視線は眼下、シデラの都市へと吸い込まれていった。

インタールード　北東グレゴルム地方　前線街シデラ

月が変わって四日、シデラの喧騒はいつもよりやや増している。

というのも、少し前から街はずれの一角で他所者たちが集まって、なにやら物資を運び入れているのだ。

シデラで暮らす冒険者のひとり――ベルデ＝ジャングラーは、そのことに幾分か苛立っていた。

「ありゃあ、王都から来た連中だろ？　街角の倉庫を占拠していったいなにやってんだ」

陽が傾き始めた昼下がり。

いつもの酒場で焼き鳥を肴に麦芽酒をかっ食らいながら、仲間たちにくだをまく。

「知らん。というか、あんたが知らんのなら俺たちが知るわけもないだろ。ってか逆に言やあ、一級冒険者の耳にも入ってこないような機密ってことじゃないのか？」

「一級ったって俺ぁ腕っぷしだけの暴力馬鹿だ。ギルドマスターは――クリシェは、なんも教えちゃくれねえよ。どうなんだ、リラちゃんよ」

「えー、ウチも知らんし。末端の受付嬢に情報流れてくるはずないっしょ？　それならノビィウームのおっちゃんとかどうなん？　なんか武器の発注とか受けてないの」

「阿呆。依頼主の情報をぺらぺらくっちゃべってたまるか。火酒を瓶で開けた後でも言わんわ」

「あら、ということは情報を持ってらっしゃるってこと？」

「カカカカ！　それが、無え。残念ながらなーんも依頼は入っちゃおらん。短刀のひとつも買いにきてはくれん」

「情報ってんならトモエこそだろ。雲雀亭へ茶ぁ飲みに、あの辺の奴らが来るんじゃないのか？」

「いらしてはくださるけど、わたくしお客さまの話に聞き耳をたてるほど下品ではありませんもの。みながみな、斥候のあなたと同じと思わないでくださいまし、シュナイさん」

「お前ほんと、蒸留酒グビグビ飲みながらお上品ぶってんじゃねえよ……常連が見たら泣くぞ」

「うっせえですわね！」

ベルデの飲み仲間は山ほどいるが、特に気が合い、かつよく集まるのがこの四人――ベルデ自身を含めての五人だ。

顔ぶれは実に雑多である。

ベルデの冒険者仲間である若い男に始まり、ギルドのちゃらちゃらした受付嬢、豪快な性格をしたドワーフの鍛冶屋、果ては顔だけはいい喫茶店の看板娘。年齢もばらばらなら性格も趣味も違う。が、集まれば何故か居心地がよかった。

こういう面子が和気藹々と酒を酌み交わしているのも、ひとえにベルデの人徳によるものなのだが――それを指摘すると本人は「けっ」と筋骨隆々とした腕で頬杖を突き、無精髭に囲まれた唇を歪めるのみである。

ともあれ。

飲み仲間がこうして集まっても、他所者についての手がかりはさっぱり得られない。

「まーでもさー、人とか物の出入りが多いの、ここじゃ今更じゃね？」

「王都からってのが気に入らんのだろ、ワシらの大将は」

「誰が大将だよ。……まあ、それは認める。この前線街は俺たちの場所だ。王都の連中はいまだにシデラを村呼ばわりしやがる。気に入らねえだろ、実際」

ソルクス王国の行政区分において、男爵以上の貴族が統治していない集落は人口や規模にかかわらず『村』と定義される。ゆえにここシデラも、実態はどうあれ正式名称は『シデラ村』なのだ。

それが気に入らない住民たち、特に根付きの冒険者連中などは、シデラのことを『前線街』と呼ぶ。シデラ前線街——世界に三つしかない『神威の煮凝り』がひとつである『虚の森』の攻略拠点としての矜持をもって。

ただもちろん、『村』だからといって王都の人々がここを見下しているわけではない。単に区分がそうだからそう呼んでいる、というだけのことで、実際にシデラを目にした者たちは、ここを村だなどとは欠片も思わないだろう。

眼前に広がる森を長大な塁壁で阻み、冒険者ギルドを中心に造られた建物群は、宿屋をはじめ武器屋に魔導具屋、喫茶店に飲食店、屋台の並んだ大通り、服飾店に雑貨店、果ては酒場に娼館まで。更に外側には商会や民家も集まり、街並みは猥雑としているがどこの地方都市よりも活気がある。

最先端の技術が研究される王都には及ばないものの、戦いの現場という観点では、武も魔も決して負けるものではない——ここに来たものは誰であろうと、よもや王国の果てたる辺境にこんな街がと圧倒されるはずだ。

「なんのこたぁねえ、僻みと八つ当たりなんだよ、結局は」

自嘲しながら木樽杯を傾けるベルデ。

そんな彼の様子に飲み仲間たちも苦笑した。

ベルデが慕われている理由のひとつに、この素直さがある。

でかい図体(ずうたい)と厳(いか)つい面構えにまったく似合わないことだが、ベルデ＝ジャングラーという男は自己分析に長(た)け、己の悪いところは悪いとはっきり言える謙虚さを持ち合わせていた。

「最前線でございと謳(うた)っちゃいるが、実際は『虚の森』をろくに攻略もできてねえ——そんな俺自身への不甲斐(ふがい)なさが、王都の連中を目障りに思わせてんのさ」

ただ謙虚さは時折、弱気となる。それもまた愛嬌ではあるものの、シデラきっての腕っこきであるベルデの吐く後ろ向きな愚痴に、その場の面々は肩をすくめた。

「なに言ってんだ大将、あんたはこの街ができて以来、最も奥深くまで小隊を進めさせた男じゃないか」

「それだって中層部の範疇だろ。深奥部は遠い」

「阿呆が！　お前さんの持ち帰った素材を喜んで加工しとるうちの若いのどもに謝れ！」

「いやまあ実際、俺らは……俺はよくやってると思うぜ。中層部での大規模な採取行動が継続できてんだから。なによりまだ、小隊から死人を出してねえことよ。指揮してる俺はこれを大いに誇りに思ってる」

「もう。だったらぐちぐち言ってんなし」

「ただ、考えちまうんだよ。もう充分なのか、まだまだじゃねえのかって。あの人に会えた時、胸を張って、俺はこんなにでかくなったぞって言えるのかってな」

どん、とジョッキを卓に叩き付けるベルデに、その場の全員が溜息を吐いた。

「また出たよ、大将の恩人の話が……」

「あなたがお若い頃、道を示してくださったたという方でしょう？　もうみなさん知ってるから、改めてお話しにならなくていいのですよ？」

「ウチ、お花摘みに行ってきていい？　具体的にはこの話が終わるまでー」

「まあ、ワシは酒次第だ」

みなベルデのことを慕ってはいるが、この『恩人』のことは聞き飽きている。彼が酔うと必ず始める思い出話だからだ。しかも、こうなると長い。

「だいたい、いま何時だと思ってんだ。今日は休みだからって、昼間っから飲んでんのに。今から大将がその話おっ始めたら、日が暮れちまうじゃねえか」

「同感ー。せっかくの早番だったたし、ウチはそろそろ帰ってのんびりしたいなーって。お酒飲んでから家に帰ってもまだ夕方とか最っ高なんよ」

「わたくしも明日のお菓子の仕込みがありますので、早く帰りたいところですわ」

「ワシは夜を徹しても構わんぞ。話を聞いてやる。代わりに酒樽ごと提供せい」

「お前らなあ……」

全員が口々になじってくるのに、ベルデは顔をしかめる。

ただ一方で、『恩人』の話をやめるつもりは毛頭ない。

「いいか？　あの人は、俺だけじゃなくてお前ら全員の指針となり得る、そういう立派なお人なんだよ。そもそもあの、国崩しなんて言われてた凶暴な、てんれ……」

「おい、ベルデさんは来てるか!?」

しかし、仲間たちの苦情を無視して話を始めかけた矢先。

酒場の扉が大きく開き、若い冒険者がひとり、大声で自分の名前を怒鳴ってくる。

「なんだゴッツ、騒々しい！」

「ギルマスにも報せが走ってんだけど、ベルデさん、あんたも来てもらった方がいいと思って……一大事なんだよ！」

叫ぶ冒険者——ゴッツの表情に、ベルデは瞬時に酔いを覚ます。

普段、森の中で大勢の命を預かる者の顔を表に出し、

「どうした？　魔物の群れでも押し寄せてきたのか？」

立ち上がって続きを促す。

ゴッツはぜえぜえと息を切らしつつ、半ば咳(せ)き込みながら深呼吸して、逆に力が入り過ぎたのだろう——酒場じゅうに響く声で、告げる。

その言葉に、誰もが言葉を失った。

「竜族(ドラゴン)だ！　街の塁壁に竜が止まってて、着陸の許可を求めてる！」

第二章 ✸ 人の営みに触れて

1

街の外れ、塁壁を隔てた森の反対側にある空き地に着陸許可が下りた。

普通、竜族（ドラゴン）は深山幽谷に棲んでいて、人前には滅多に姿を現さないものらしい。そのためシデラの街はちょっとした騒ぎに陥ってしまった。

ジ・リズが礼儀正しかったのと、街の代表者が母さんと顔見知りだったのでなんとか事なきを得たが、そうでなかったら僕らは『虚の森』から飛んできた未知の侵略者である。衛兵たちが槍（やり）を投げてこなくて本当によかった。

なお、ジ・リズは「騒がせてすまなかった！」と大音声で謝罪したのち、森へと帰っていった。飛び立つ前に母さんからしっかり通信水晶（クリスタル）を渡されていたので、家に戻ったら一度、遊びに来てもらおう。なにかお礼をしなきゃ。

そしてその母さんはといえば街の代表者と話があるとかで、彼らと一緒にどこか別の場所へ。

代表者はふたり——両方とも強面（こわもて）のおじさんだった。

片方は任侠（にんきょう）映画に出てきそうな、凄（すご）みと威厳のある中年男性。塁壁の上で待機する僕らのもとへ、真っ先に駆けつけてきた人だ。

そしてもうひとりは後から慌てた調子でやってきた——赤ら顔で髭面（ひげづら）の、筋骨隆々とした、なんというか盗賊の親玉みたいな壮年男性。盗賊とバイキングを足して二で割ったみたいな風貌で、正直なところめちゃくちゃびびった。

そんなふたりに連れられていった母さんを反射的に心配しそうになったが、どうも様子がおかしい。任侠の親分みたいな人は直立して妙にかしこまっているし、盗賊とバイキングのハーフの方は、母さんを見るや慌てて駆け寄ってきて、隣の僕を見てなんだか驚いた顔をするのだ。

何事かを言いかけたバイキングと盗賊のハーフ——以降、盗（とう）キングさんと呼ぼう——は、

「久しぶりねベルデ」

母さんにぴしゃりと告げられた。

盗キングさんはベルデという名前らしい。

……せっかくつけた脳内ニックネーム、二秒でさようなら。

「事情は道すがら話すわ。ギルド支部長……クリシェさんだったかしら。ベルデとの同席もいいかしら？　奇遇なことに古い知り合いなの」

「はい……いや、ああ、もちろんだ」

「では、先遣隊隊長も呼んでください。仔細を説明します。その間、この子たちを先に宿へ案内してもらえる？」

親分さん……じゃなかった、ギルド支部長はクリシェさんというようだ。彼は母さんに「わかった」と頷くと、ベルデさんの背後でひょこひょこジャンプしながらこっちを窺っていた、なんだかギャルっぽい見た目の女の人をじろりと睨む。

「なんだ、ベルデと一緒だったのか、リラ。丁度いい。『傾ぐ向日葵亭』まで彼らを案内しろ」

「えー、ウチ非番……」

「つべこべ言うな！　……なあ頼む、賓客なんだ。こんな若い子らをうちの衛兵なんかには任せられん。特別手当は出す」

後半は声をひそめての囁きだったけどごめんなさい。めっちゃ聞こえました。

ギャルに気を遣ってるふうだし、顔ほど怖い人ではないのかもしれない。

「了解です！　そういうことならまかせんしゃい！　あ、きみたち、ウチはリラ、冒険者ギルドシデラ支部のきゃわわな受付嬢だよ？　名前なんてーの？」

すごい、ギャルだ。異世界にもいたのか、ギャルが。

ただ、日本のギャルとは絶妙になにかが違う。

言葉遣いというか物腰というか、それぞれ独自進化を辿った結果たまたま似ました、みたいな。モグラとオケラの収斂進化みたいな……。

「ねー、なんか失礼なこと考えてない？」

「あ、いえ考えてません！」

あぶない。顔に出てた。

「えっと。僕はスイ、こっちはカレン。それからこいつはショコラです」

「ん。よろしく」

「わう！」

「わお、わんこだ。きゃわっ。ショコラちゃんだっけ？　よろしくねー」

腰を屈め、手を伸ばしてきたリラさん。

しかしショコラはそれをすいっと躱し、カレンの背後に隠れる。

「え、だめなん……？」

「ごめんなさい、家族以外には懐かないんです」

「そっか。しょんぼり……」

めちゃくちゃ露骨にがっかりされると、少しかわいそ……、

「ま、いっか！　じゃあ案内するし。ついてきて！」

いや切り替え早くない？

にこにこ笑うリラさんに、僕らは宿へと案内されたのだった。

†

『傾ぐ向日葵亭』は、歩いて二十分ほど。

街の中心部にほど近い場所にある、かなり大きな宿だった。

煉瓦造りの立派な三階建てに、店名の書かれた看板。なんと文字は普通に読めた。父さんの言ってた、世界の辻褄(つじつま)を合わせる力――『修正(リペイント)』だっけか。初めて見る文字のはずなのに頭の中には既にある……みたいな妙な気分である。

扉を開け、ロビーに入る。奥のカウンターに受付があって、構造そのものは日本のホテルに近いと思う。

ロビーの天井に下がる煌(きら)びやかな照明装置を見上げつつ、リラさんは問うてくる。

「ここ、一泊三万ニブ以上するんよ。こんな宿に案内されるとか、おふたりさん、何者？」

「さあ……僕らにもなにがなんだか」

そもそも三万ニブがどのくらいの価値なのか全然わからない。カレンに尋いてみたいが彼女もたぶん答えられない。何故なら日本円という基準を持っているのは、この世界で僕ひとりなのだから。

「うーん、どっかの貴族さまには見えんし……」

リラさんは僕らの周りをぐるぐるしながら観察するように見詰めてくる。

「えっと、この格好、なにか変かな」

僕が着ているのは、母さんが持ち込んでくれた異世界の服だ。その上からあっちの――メイドインジャパンのウインドブレーカーを羽織っている。

家の物置にあった姿見で確認はしたし、カレンにも見てもらったけど、「似合ってる」と言ってくれたから、そんなに奇矯なものではないはず。

ただ、ベルトに剣の鞘を固定する金具がデフォで付いていたのにはちょっと驚いた。この世界では剣を提げるのがそれほどありふれたことなんだ、って。

そういうわけで魔剣リディルは僕の腰にある。紐で括って背負っていた時はなにも思わなかったが、帯剣している自分がコスプレみたいでちょっと気恥ずかしい。

と、ぐるぐる回るリラさんの足が不意に正面で止まった。

ぎょっとして――、

「え!? ちょっと待って。全然気付かなかったけど、あんたの目……」

「ん、そこまで」

顔を覗き込もうとしてきた彼女を遮ったのはカレンだった。

僕の前に立ち、無表情でリラさんに言う。

「詮索するのがあなたの仕事なの？」

「ちげーし！　いや……ごめん。ちょっといろいろあってさ、他所から来たあんたらのこと、気になっちゃうっていうか、気にしちゃうっていうか」

しどろもどろになるリラさん。きっとカレンを怒らせたのだと思ったのだろう。

ただ実のところ、カレンは別に怒っていない。そもそもこの娘（こ）は表情の変化に乏しくて、感情が読みにくいのだ。僕も記憶を思い出すまでは少し戸惑った。

「ごめん、ほんとごめんね。必要以上に踏み込むつもりはなかったんよ。うっかり距離を間違えちゃって、だから……」

いや、別に僕もカレンも怒ってるわけじゃ。

そう言おうとして口を開きかけた僕の背中から、野太い声があった。

「まあ、そういうことだ」

振り返ると、そこには先ほど、街に降り立った時に見た大男が立っていた。

僕が盗（とう）キングと脳内でニックネームを付け、その二秒後にベルデという名を知った人。母さんの古い知り合いらしいおじさんだった。

腕も胴体も胸板も脚もすべてが太くごつく、無精髭をまぶした顔はめちゃくちゃ厳つい。胸や肩が革で覆われた冒険者風の服装で、印象はとにかく荒っぽそう。やっぱり盗賊とバイキングのハーフとかにしか見えない。

おじさん――ベルデさんは、頭をぼりぼりと掻（か）きながら僕らへ頭を下げる。

「すまん。リラちゃんは俺の代わりにお前たちのことを調べようとしてくれたんだよ。だからこの子は悪くねえ。悪いのはくだらんことを気にしてた俺だ。というか……その辺りの諸々（もろもろ）は、今しがた姐御（あねご）に聞いて全部解決したから、もういいんだ」

姐御って誰だろう。

もしかして母さんのこと……？

「その、うちの母のお知り合い、なんですよね」

「ああ、そうだ。この街に根付いてる冒険者のベルデっていう。お前の両親とは昔、別の街で世話になったことがあってな」

母さんだけじゃなくて、父さんとも？

僕が首を傾げる前に。

ベルデさんはその巨体を屈ませると、視線の高さを合わせてくる。

そうして頭に手を乗せ、さっきリラさんがそうしたみたいに――僕の顔を覗き込んだ。

「ああ……あの人と同じ。いや、あの人よりも深くて純粋な黒瞳（こくとう）だ」

ベルデさんは嬉しそうに、その凶悪な面構えをくしゃりとさせる。

凶悪なくせにやけに人好きのする、気を許してしまいそうな穏やかさで。

彼は、笑った。

「よく来てくれたな、カズテルさんの息子よ。ようこそ、前線街シデラへ」

2

ベルデ＝ジャングラーさん。

一級冒険者で、この街の冒険者たちのまとめ役みたいな人。

父さんの息子である僕にひと目会いたくて、母さんからことの経緯を聞くや否や踵(きびす)を返してこっちに合流してきたそうだ。

で、現在。

『傾ぐ向日葵亭』のロビーに併設された喫茶店で、何故か僕らは一緒にお茶を飲んでいた。

しかもベルデさんに呼ばれてきた、彼の飲み仲間だという四人とともに。

「ね、スイ」

隣に座ったカレンが僕に身を寄せて、そっと囁いてくる。

「この人たち、その……お酒が入ってる」

「しっ、言っちゃいけません」

「微妙に呂律(ろれつ)も回ってない気がする」

「気付かないフリをしておきなさい」

昼間っから全身に酒くささを纏わせている大人たちに、未成年の僕らができることはない。

ただ黙って話を聞き、語られる人生に相槌を打つのみだ。

……あ、カレンって僕のふたつ上だし、もう未成年じゃないのかな。お酒とか飲むのかな。まあいいや、とにかくこの娘はこっち側です。あんな駄目な大人たちと同じ箱に入れさせてはなるものか。

「若え頃の俺はよ、ここよりも遥か西、ビーン地方にいてな。お前の親父さんが住んでた街のあるとこだ。でもってまあ、イキり散らしてたバカだったんだ」

ベルデさんがティーカップを傾けながら、しみじみと語るのは父さんとの出会いである。プロレスラーもかくやの筋骨隆々とした巨体なのに、その仕草は繊細で品があった——顔は酒で赤いけど。

「己の腕を過信して、自分より弱え奴を見下して、お山の大将を気取って悦に入る、ほんとくだらねえ奴でな……それであの日も、ギルドに入ってきたお前の親父さんに難癖をつけた。見るからに優男で、冒険者なんか務まりそうにねえ、ひょろっとした奴だった。なのに隣には別嬪を連れてたてな。まあ……気に食わなかったんだ」

「それがこの大将、絡んでいったくせに手も足も出ず、挙句は無様にとっちめられたらしいんだわ。で、仕返ししてやろうと思ってこっそり後をつけてたら……」

だがそんなベルデさんへ横槍を入れてきたのは、彼の冒険者仲間だというシュナイさん。どこか世を斜めに見たような顔つきの、けれどひねた笑顔が意外に人懐こい、痩身の男性だ。

シュナイさんを皮切りにして、仲間たちが次々とベルデさんの身の上話を引き継ぐ。ベルデさんを押し除けるようにして、強引に。

「運がねえか、それともバチが当たったたんかのう。二角獣の群れと出くわしちまったってわけよ、こいつは」

シュナイさんに続いたのはノビィウームさん。背の低い割にがっしりした体格、ZZトップみたいな髭を生やした彼はなんとドワーフらしい。

すごいぞドワーフ、まさか実在したなんて。やっぱり鍛冶とかしてるのかな。酔っ払っているのもドワーフなら許す。

「二角獣ってーのはね、討伐等級、三。単体同士だと三級冒険者以上じゃないとあぶねー奴。で、これが群れだったら三段階上がるから、複数の一級冒険者に依頼いくようなやばやば事案なんよ」

軽い口調に比して流暢に魔物のデータを語るのは、僕らを宿まで案内してくれたリラさん。冒険者ギルドの受付嬢である彼女は実はけっこう優秀らしい。ギャルなのに。

でも、この子だけほとんどお酒を飲んでいないのでギャルはギャルでもえらいギャルだと思います。

「ああ、おまけになんということでしょう……当時のベルデさんは三級に上がったばかり。一人前の冒険者とはいえ、バイコーンなどに襲われたら当然、敵うわけもありません。追われてぼろぼろに追い詰められてしまったのです」

トモエさんは儚げな美女で、穏やかな声に上品な口調のおっとりした人だ。シデラでも有名な喫茶店（もちろんこの店ではない）の看板娘とのこと。

だが、どうも言葉の端々に棘というか、猫をかぶっているような空気を感じる。なにより、この人が一同の中で飛び抜けてお酒くさい。ぜったいにだまされないぞ。

そんな彼ら彼女らは楽しげに、ベルデさんの身の上話を語って聞かせてくれる。

「そしてそれを救ったのが、まさに大将がとっちめようとしていた優男ってわけよ」

「一閃、電光石火。バイコーンを次々に斬り伏せていき！」

「ついでに、情けなくボロ雑巾になっちったベルデのおじさんを介抱してぇ」

「最寄りの街まで連れ帰ってくれた、というのがことの顚末ですわ」

「お前らはなんでそうやって人の話の腰を折るんだよ……」

自分が話そうとしていたことをすべて代弁されてしまったベルデさんはうんざりした顔で溜息を吐く。だけどその唇は微笑んでいた。

「ありがとうございます、ベルデさん」

だから僕は、彼に頭を下げる。

「ん？　なんでお前が俺に礼を言うんだ？　俺の方がお前の親父さんに世話になったんだぞ」

「だってその話……父さんのこと。お友達の皆さんが暗記してしまうほど、何度も何度も話してくれていたんですよね」

二十年以上前の出来事だと聞いた。それをいまだにこうして覚えてくれている。

彼にとっては恥になる、情けない黒歴史だろう。なのにこんなに誇らしげに、嬉しそうな顔で。

「僕は父さんがこっちの世界でどんなふうに生きてきたのか、よく知りません。こっちで暮らしていた時も、冒険者としての顔は子供に見せてくれませんでしたから。だから、こうして知れて嬉しいです。ね、カレン」

「ん。私からも感謝を。おじさまの若い頃のこと、私もよくは知らない。教えてくれて嬉しい」

「なんだよおい、そいつは……馬鹿野郎が」

ベルデさんは僕とカレンに小さな声で毒づくと、そっぽを向いて肩を震わせた。

仲間たちが次々と――そんなベルデさんの肩を叩いたり、頭をがしがしを押さえたりし始める。

僕は思う。

ああ、この人たちは、いい人だ。

ジ・リズといい彼らといい、異世界に来てからこっち、僕は出会いに恵まれている。そしてそれは誰も彼もが図らずも、父さんの繋(つな)いだ縁によるものだ。

ありがたくもあるけど、同時に少し情けなくもある。

だって僕はまだ、なにかを成し遂げたこともない十八のガキだ。

こっちに来てからはもちろん、あっちにいた頃もただ漫然と生きてきたに過ぎない。なのに、ただ父さんの――カズテル＝ハタノの息子だというだけで、いろんな人によくしてもらっている。

だったらあの人の息子として、僕はなにができるんだろう。

いや――スイ＝ハタノとして、僕にできることはあるのだろうか。

「くーん」

「っと、どうした？」

足元で寝そべってじっとしていたショコラが不意に、短い鳴き声をあげる。

視線の先を見れば宿のロビー入り口、母さんが扉を開けて中に入ってこようとしていた。

「わうっ！」

ショコラが控えめにひと吠えし、起きあがって母さんへ駆けだしていった。僕らがベルデさんの話を聞いてたから、退屈だったのかもしれない。

「ごめんな」

母さんに飛びかかっていくショコラへ短く謝りながら、だけど一方で――テーブルを挟んでやいのやいのと騒いでいるベルデさんたちに、羨望を覚える自分がいる。

僕の知らない父さんの思い出を楽しそうに語る彼らが羨ましかったのか。

あるいは、誇らしげに語られる父さんが羨ましかったのか。

——こういうこと、考えちゃう自分が嫌だな。

僕は誤魔化すように、ティーカップの中に残っているお茶を一気に飲み干す。

3

母さんが宿に到着したのを区切りに、お茶会はお開きとなった。

ベルデさんは普通に母さんも誘おうとしたのだが、他のメンバーが血相を変えて止めた。

「酒が入ってる状態で『天鈴の魔女』さまへ失礼があったらどうする！」とか言って皆さんめちゃくちゃびびってたんだけど……。

いや　うちの　かあさん　ほんと
なにしたら　こうなる　の
でもって。

チェックインし部屋に案内された僕は、あまりの豪華さに恐れおののいた。家族用とは聞いていたけどでかくない？　ここリゾートホテル？　みたいな。一泊十万円とかしそうな。

我が家のリビングの三倍くらいはありそうな部屋、三つ並んだベッド、悠々とくつろげそうなソファーとテーブル、そして天井から吊り下がったシャンデリア。シャンデリアで合ってるのかなこれ……照明装置？　もちろん電気ではなく、魔力を込めたら発光する鉱石を使っているそうだ。

他にもバストイレ完備だし、アメニティーもどっさり置いてるし、テーブルの上にはお菓子もあるし。更にはショコラのため特別に用意してくれたのか、犬用の寝床とトイレまで設置されていた。

日本にいた頃もこんな豪華なホテルに泊まったことなんかない。

ただ、そういったあらゆるものすべてがやはり『異世界』って感じで、確かに意匠は豪華に見えるのだが、細かいところの技術面では――魔導の存在を抜きにしても――日本の方が優れているようだ。

たとえばアメニティー。石鹸(せっけん)が白くなかったり、スポンジじゃなくて軽石だったり、歯ブラシも木の枝の先端を割いて加工したやつだったり。

あと、お風呂にシャワーがなかったのも、なるほどなーとなった。どうも、お湯を浴槽に溜(た)めることはできても継続的に出し続けるのが難しいらしい。

その話を母さんにすると「昔お父さんも同じこと言ってたわ」とのこと。

「シャワーはね、一度味わっちゃうと戻れないのよねえ」

「ん、あれは最高。どんな高級宿も我が家には敵わない」

「わう……」

最後のはシャワーという単語を聞いて露骨にテンションを下げたショコラでした。

ともあれ。

チェックインの後に日が暮れて、部屋に運ばれてきた料理に舌鼓を打つ。

見た目と盛り付けは優雅で豪華。やはり僕には異世界風——文化も風土も知らないどこかの異国のものに見える。使われている香辛料や調味料も独特で、大いに参考になると同時に、せっかく街に来たんだからこいつらを仕入れて帰ってやるぞという意気が高まった。

「でもやっぱり、スイの作った料理の方が美味しい」

「そうねえ。お母さんも、スイくんの料理の方が好きよ」

一方でカレンと母さんは相変わらず、僕を褒めてくれる。嬉しいのは嬉しいんだけど、こっちも充分美味しいと思うんだけどなあ。

なので、問う。

「それって食材の差があったりしない？」

「確かに、シデラの料理は『虚の森』の恵みをふんだんに使っているのが売りではあるわ。ここも高級な宿だけあってもちろん——中層部で採取された最高の肉や野草を使ってる、って謳ってるはずよ」

「だよね」

母さんの婉曲的な言葉に、僕は頷いた。

「僕らが普段食べているのは、深奥部の食材だから。そもそも使ってるものが違うなら、美味しさも違ってくるよ」

竜族（ドラゴン）のジ・リズに及ばずとも、この世界の人間には、肉や野菜に内包された魔力を味覚で受容する能力が少なからずある。つまり『虚の森』は奥に行けば行くほど美味しい素材が転がっているのだ。

だがカレンが、鳥のソテーを切り分けながら言う。

「ん、でも、それだけじゃない」

「ええ、そうね。やっぱり違うのよね」

そして母さんまでがそれに追従した。

「スイくんが作る料理の味付けは、なんというか……深いのよね」

「深い？」

「ええ、上手い表現が見付からないのだけど」

抽象的で正直、よくわからない。

が、抽象的な分、お世辞や身内贔屓（びいき）で褒めてくれてるとかではないっぽい。

カレンを見遣（みや）ると母さんと似たような顔をしている。同意見らしい。まあカレンは説明が下手だから意見を求めてもたぶん参考にはならないと思うけど。

「スイ、なにか失礼なことを考えてる？」

「いやまさか。ショコラはどうだ？　肉、美味しい？」

「はぐっ。わう」

「そっか、それなりか。まあお前のは味付けとかないもんな」

「むー。ごまかした」

むくれるカレンを尻目に、僕は皿に残っていた根菜を口に入れる。

うん、鳥肉の味とソースが染みていて美味しい。特に不満は感じない……と思う。

というか、単にふたりが日本風の食事、つまり醤油やみりんベースの味付けに慣れただけなんじゃないかという気がしてきた。煮物なんかは特に、異世界にはない料理だと思うし。

——まあ、褒めてくれるのに悪い気はしないんだけど。

「ごちそうさまでした。僕としては目新しくてよかったな。少し懐かしい感じもした。たぶん、子供の頃に食べてた記憶がぼんやりとあるんだと思う」

「スイくんはあまり好き嫌いしない子だったのよね。反対にカレンはもう、あれはイヤこれはイヤって、選り好みが激しくてね。苦労したわ」

「それは昔の話。今はもう好き嫌いはない」

「あら？　じゃあ明日は、赤セロリのスープを出してもらおうかしら？」

「………………ヴィオレさま。赤セロリは食べ物じゃない。あれはただの変なにおいのする草」

唇を尖らせながらそっぽを向くカレン。なるほど、この娘はセロリが嫌いなのか——赤セロりっていうのが僕の知ってるセロリと同じかどうかはわからないけど。

　ひとしきり笑い合ったのち、母さんがナイフを置いて僕らへ告げた。

「そうそう、ふたりとも。明日のことだけど、お母さんはちょっといろんな人たちと小難しい話をしなきゃいけないのよ」

「ん、研究局との打ち合わせ？　私は行かなくていいの？」

「ええ、カレンは大丈夫。そもそも特別顧問なんて役職、あなたを組織の内側に入れる名目みたいなもんだったし。あれこれ面倒くさいしがらみは全部私に任せなさい」

「僕らがこっちに戻ってきた時のために動いてくれてたんだよね。ありがとう。いろんな人が関わってるんでしょ？　僕からもお礼を伝えておいてほしいな……それで、母さんが留守の間、こっちはなにをすればいい？」

「頼んでいた支援物資を集めている倉庫があるの。そこに行って、スイくんたちが必要だと思うものを選んでくれる？　数も量も無制限に、好きなだけね」

「え、いいのそれ……」

「せっかく手配したんだから、むしろちゃんと選んでくれなきゃ悲しいわ。選ばなかったものも捨てるわけじゃないし、別のところで有効活用することになってるから大丈夫。だから本当に気にしなくていいの。むしろ必要なものが倉庫になかった場合はちゃんと言ってね。改めて手配するから」

「……そっか、ありがとう。じゃあ遠慮なく見させてもらうよ」

果たしてどんな物資がどれだけの量、倉庫に積まれているのかはわからない。でも、すべて母さんが私費で購入したものだよね。それを好きなだけもらって帰る——おんぶにだっこみたいでちょっと情けないなと思う自分が、やっぱりいる。

ひとり立ちしたいとかではない。これからもずっと家族みんなで暮らしていきたいという気持ちは変わらない。

ただ、片隅で少しだけ思うのだ。

僕はこの世界で、自身の力でなにかできるのか、なにができるのかを知りたい。なにもできない——ただ親の世話になる子供のままでいるのはイヤだな、って。

「カレンもちゃんと必要なものがあったら選んでおくのよ。もちろんショコラも」

「ん」

「わう！」

だけどまあ、楽しみなのは楽しみなんだよね。

あの家で不足していたものはたくさんある。あったらいいのにと思っていたものをリストにしてスマホに保存しているほどには。

それにきっと異世界の——見たことのないものが、用意されているだろうから。

4

さて、明くる日。

街はずれ——僕らがジ・リズの背から降り立ったのとはちょうど反対側に、倉庫の建ち並ぶ一角があった。シデラへ持ち込まれる各種物資の搬入先であり、同時に保管区画であるそうだ。

そしてそのうちのひとつが現在、我が家の支援物資専用倉庫となっているんだけど……。

「これは……」

倉庫の中には『これでもか』というほどのいろんなあれこれが積み重なっており、もはや見上げないとてっぺんが見えないし、奥もどうなっているのかわからない。

僕は若干、いや、かなり、宇宙猫みたいな顔になった。母さんやりすぎでは？

「おう、こっちだ」

僕らを出迎えてくれたのは、冒険者組合（ギルド）シデラ支部の支部長を務めているという、クリシェ＝ベリングリィさん。ベルデさんと一緒で、この街の顔役的な立ち位置だ。ベルデさんが盗賊とバイキングのミラクルドッキングみたいなタイプだったのに対し、こちらは任侠映画に出てくる親分っぽいイメージ。

いやこの街の顔役たち、顔が怖すぎです。

「……話は聞いてたが、本当に黒瞳なのだな。加えてヘルヘイム渓谷の固有種クー・シーに、噂に名高い『春凪の魔女』。まったく、俺なんぞが接待役とは荷が重い。あまりいじめんでくれな」

クリシェさんは厳つい顔にどこか疲れた表情を浮かべると、こっちに向かって肩をすくめた。

ベルデさんたちの時も思ったけど、黒い瞳に驚かれるのはやっぱり妙な気持ちになる。いやただの日本人だよ？　みたいな。――まあ、僕の目は日本人にも珍しい、茶系の色味がほとんどないほんとの真っ黒なので、そういう意味ではあっちの世界でもたまに驚かれてはいた。

それよりも、

「『春凪の魔女』ってカレンのこと？　魔女の称号持ってたの？」

「ん、言ってなかった？」

「聞いてなかった……」

「持ってるけどたいしたことじゃない。ヴィオレさまの方がすごいし、スイだってそのうち私よりも強くなる」

ふんすと小さく頷くカレン。

なんで僕の将来について自慢げに語るんですかねこの娘は。

ともあれ、親分顔のおじさんにそんな表情をされるとこっちが困ってしまう。

「接待だなんてとんでもない。お世話になるのはこちらの方ですので。今日はよろしくお願いします。あと、母が無理を言っていたらすみません」

「え、あ？　お、おう。いやそんなことはない。その、こちらこそよろしく頼む」

僕が頭を下げるとなぜか慌てたようになるクリシェさん。

「……まさかあの『天鈴』の息子がこんなに礼儀正しいとは」

ぼそりと小さくつぶやかれた言葉は——うん、聞かなかったことにしよう。

そもそも僕にとっての母さんは優しい人なので、畏れられているのがどうにもピンとこない。

まあ、変異種のグリフォンを二匹同時に瞬殺したことにジ・リズも驚いていたし、こんな大量の物資を私費でどんっと注文できちゃうあたり、いろいろ常識はずれというかスケールが違う感じではあるんだろうけど……。

「支部長。倉庫の品を見て回る前に、まずは蜥車を確認させてほしい」

僕が気まずくなったのを察してくれたのか、カレンがクリシェさんにそう切り出す。

「蜥車の積載量から逆算して物資を選びたい」

「あ、ああ。わかった、こっちだ」

クリシェさんは踵を返し、倉庫の外へと僕らを案内する。

出て裏手に厩舎みたいな建物があり、そこに入ると。

「これが牽引用の甲亜竜だ」

「わお……」

そこには、恐竜が寝そべっていた。

姿は、トリケラトプスに近い。ずんぐりとした体躯（たいく）、やや短めの尻尾、鳥の嘴（くちばし）みたいに尖った口、そしてなにより、首の後ろで大きく広がる放射状のフリルと、頭部から生えた二本の角。

大きさは地球の動物でいうとサイくらいだろうか。たぶん立った時の体高は僕の身長をゆうに上回るだろう。体長も、僕とカレンと母さんが三人並んで背中にまたがれそうな感じ。

トリケラトプスと違うのは、身体を覆う甲殻が硬そうなことだ。鱗が変化したものだと思うが、これのせいで異世界っぽさがいや増している。

「すごい……かっこいい、いや、かわいい」

そのシルエットに比して目がつぶらで、とても優しく見える。

「あの、近寄ったりしても構いませんか？」

「うん？　甲亜竜（タラスク）を初めて見るのか？」

「はい、なのでいろいろ教えてください！　生態とか性格とかそういうのも詳しく！」

「お、おお……ぐいっときたな……」

クリシェさんが軽く引いているのにも気付かず、僕は興奮していた。

だって！　恐竜！　いや正確には甲亜竜（タラスク）だけども！

竜族（ジ・リズ）を初めて見た時とはまた違う。あっちは荘厳というか貫禄（かんろく）があるというか、完成された彫像みたいな姿に感動したが、こっちは子供時代のワクワクだ。恐竜図鑑に夢中にならなかった子供なんていません。そしてトリケラトプスが嫌いな子供なんていません！　早口になっても誰が責められよう。

「こいつは南方に生息している亜竜の一種だ。連合国——現地では古くから役畜として飼われてきた。畑を耕したり、糞を肥料にしたりだな。それが、王国へは輓獣として輸入されている。牽引力が強くて疲れを知らず、三日程度であれば不眠不休で荷を牽き続けられる」

「おお……」

つまり、牛みたいなものか。

「肉は不味くて食えたもんじゃないらしいが、骨や甲殻は丈夫で、連合国の一部では武器なんかにも使われてきたそうだ」

「食べませんよこんなかっこよくてかわいい生物！」

「い、いや別に食うとは思ってないが……」

「あ、すいません」

つい興奮して我を忘れてしまった。

「草食性で、草ならまあなんでもいい。餌の量も体格に比して少なめだな。首周りにある魔導鰭から魔力を吸収して栄養に変えているそうだ」

「なるほど、このフリルはそのためのものなんですね」

「フリルか。貴婦人の襟元に喩えるとは面白い表現だな」

いや、向こう(地球)でそんなふうに呼ばれていただけなんです。トリケラトプスとかの首にある、これとそっくりなやつが……。

「どんな性格なんですか？　飼う時に注意しなきゃならないこととかあります？」

「性格は温厚だ。牧場で飼育されていたものだから、人にも慣れている。病気にも強い。まあ普通にしてれば怒らせるようなことはないと思うが、生命の危険を感じたら角を武器に突撃してくるから気を付けてくれ。家族の誰でもいいから、明確な主人を定めてやるといいぞ。甲亜竜(タラスク)は、強いものに対して従順に振る舞うことで生存競争を勝ち抜いてきた、そんな種なんだ」

「……じゃあ、肉が不味い、っていうのも生存戦略の一種なのかもしれないですね」

「ほう、初めて聞く知見だな。だが荒唐無稽に見えてなるほどと思わせるものがある。確かにこいつの肉は、現地だと飢えた狼(おおかみ)もそっぽを向くそうだ。そもそも甲殻が硬くて狩るのに難儀だから狙って襲う獣も少ないらしいが」

「主人か。どうやって主人と思わせればいいんですか？」

「ああ、それは普段から意識して声をかけたり、毅然(きぜん)とした態度で命令していればいい。そうすれば自然と……」

クリシェさんが説明してくれている最中だった。

とことこ、と。

僕らの足元に控えていたショコラが、厩舎で寝そべる甲亜竜(タラスク)に向かって歩いていく。そしてこっちが「どうしたんだろう」と眺めていると、

「わう！」

「？　……きゅるるぅ」

「わう！　わうわうっ！」

「きゅるる、ぐるぅ……」

甲亜竜(タラスク)の鼻先で、ショコラが吠えて。

ショコラの声に、甲亜竜(タラスク)が首を傾げて。

もう一度ショコラが吠えたと思ったら。

甲亜竜(タラスク)がずしんと、その身体を横向きにして喉を鳴らした。

ややあって、クリシェさんが呆然(ぼうぜん)と言った。

「……その、俺も驚いているんだが。どうやら主人が決まったようだ」

「は……？」

ショコラが甲亜竜(タラスク)の鼻先をぺろぺろと舐(な)める。

甲亜竜(タラスク)がもう一度、ぐるるぅと喉を鳴らす。

「わうわう！」

くるりと振り向いたショコラはこっちに嬉しそうに走ってきて、僕の前で立ち止まり、はっ

はっはっと得意げに舌を出した。

「そうか。お前があの子の親分になってくれたのか」

僕はしゃがみ、ショコラをわしゃわしゃわしゃと撫で回す。そうだよほめてほめてとばかりに、僕の胸元にじゃれついてくるショコラ。

「牧羊犬みたいなもんなのか……？　いや、亜竜を率いる犬など聞いたことがないぞ」

「妖精犬(クー・シー)なら亜竜の主(あるじ)になる力もある。それに、うちのショコラはかしこいので」

いまだに驚いているクリシェさんへ、得意げに応えるカレン。

おすわりの姿勢になった甲亜竜(タラスク)の元へショコラとともに行きつつ、僕はクリシェさんへ問うた。

「この子の名前とかありますか？」

「え、あ、いや……まだ付けられていない」

「じゃあ、そうだな……『トライ』は？」

「きゅるぅ……」

「嫌かあ。『トプス』」

「きゅ……」

「だったら『セラ』」

「……」

「ダメかあ」

トリケラトプスもしくはトライセラトプスから付けようと思ったのに、めちゃくちゃ反応が悪い。普通の名前の方がいいのかな……。

「じゃあいっそもう『ポチ』とか」

「きゅるる！　きゅるる！」

「えっポチ気に入っちゃったの」

「きゅるるるるっ!!」

冗談のつもりだったのに……。

「わかった。じゃあお前は今日からポチな。よろしく頼む。ショコラの言うことをよく聞くんだぞ」

「わうっ！」

「ぐるぅ……きゅるる！」

甲亜竜（タラスク）改めポチは、嬉しそうに鳴いた。

いや本当にいいの？　ポチで……。

5

森での暮らしに必要なもの、欲しいもの、足りてないものを片っ端から挙げていった。職員さんたちが持ってきてくれたそれらをひとつひとつチェックしていく。耐久品はストック含めて複数を確保。消耗品は家でも生産できるかを吟味して、できないものを最低限に。生産できるものは原材料をお願いする。そして倉庫になかったものは、次に来る時に備えて注文しておく。

蜥車（せきしゃ）に載る――ポチが牽（ひ）けるぎりぎりまでの量に達したところで、時刻は既に昼過ぎへ達していた。

ひとまずは物資の選定、完了である。

「昼食が必要なら用意をさせるが、どうする？」

ひと仕事終えて荷が降りたのか、すっきりした顔のクリシェさんは僕らにそう提案してくれた。ありがたい申し出だが、先約がある。

「せっかくですけど、もう行くところが決まってるんです」

「そうか、残念だな。……まあ、まだ帰るまで日があるのだろう？　後日でいい、ギルドの方にも一度顔を見せてくれ。冒険者登録をしておいた方が後々の役に立つかもしれんしな」

「ありがとうございます、是非」

お世話になりましたと頭を下げて倉庫を後にする。選定した物資はきっちり整理梱包(こんぽう)し、僕らの出発日に合わせて荷車に積んでおいてくれるそうだ。

その日までポチともしばらくお別れ、なんてことはできないししたくもないので、倉庫には毎日行くけどね。

「お前もポチに会いたいよな、ショコラ」

「わん！」

ともあれ、次に赴くのはお昼ご飯——を食べに、トモエさんの働くお店へである。

†

『雲雀亭』は街の目抜き通りに店を構える喫茶処(きっさどころ)だが、けっこうしっかりとした食事も出してくれるらしい。他にはデザートとしてケーキが有名で、僕はそれを聞いた時から絶対に行くぞと決意していた。

トモエさんは雲雀亭の看板娘ということで、男性客に絶大な人気を誇るのだとか。僕は半信半疑である。確かに外見は儚げな美人というか深窓のお嬢さまっぽくはあったけど、あの中でいちばん酒くさかったもん……。

店構えは立派で、日本のイメージでいうならカフェというよりむしろレストランに近い風情。とはいえ、通りに面したテラス席があったり、かしこまるというよりくつろげるような雰囲気だったりは、やっぱり喫茶店っぽさがある。

「あら、いらっしゃいませ。お待ちしてましたわ」

ふりふりの給仕服を着た、つまりメイド姿のトモエさんは僕らを出迎えると、たおやかに一礼した。

それだけで、席に座っていた男性客たちが顔を向け、ほう……と見惚(みと)れる。

昨日と違って髪の毛も凝った感じに結われているし、あの酔っ払いとはまるで印象が異なる。なるほど確かに看板娘にもなるだろう。

「こちらへどうぞ、わんちゃんもご一緒に。特別席を用意していますわ」

「あ……なんかすいません。気軽に、行きますって言ったばっかりに」

「あら、いいのですよ。むしろスイさんたちに来ていただいて光栄ですわ」

花が咲いたような笑顔に男性客たちはますますうっとりしている。すごいな。……この世界、魅了スキルとかそういうのあったりしないよね？

と、隣のカレンが急に、僕の腕をぎゅっと抱いてきた。

「え」

「スイは有象無象と違って、トモエにでれでれしてないのでえらい」

「あ、いや、はい……ありがとう？」

こっそりと僕にだけ、微かで控えめな、けれど彼女らしい笑みを見せてくるカレン。思わず顔が熱くなる。

あまり表情が動かないし風景に溶け込むのが上手いためトモエさんみたいに衆目を集めることはないが、一度でも意識に入ったらその瞬間に惹きつけられるような、そんな魅力を彼女は持っているのだ。

……恥ずかしいので、本人には直接言わないけども。

案内されたのは二階にある個室で、トモエさんがつきっきりで面倒を見てくれた。

「いいんですか？　お忙しかったのでは」

「構いませんのよ。むしろ昨日は醜態を晒してしまいましたから。その分、きっちりと埋め合わせをさせてくださいまし。お代もいただきませんから、どうぞどれでも遠慮なく注文してくださいな」

「いやでもさすがにそこまでは……」

昨日今日に出会った人なのに、そんな歓待されると困ってしまう。

だから固辞させてもらおうと思ったのだが、

「お菓子です」

「え？」

「スイさんが育ったかの地（異世界）のお菓子を、是非ともご教授くださいませんか？　できれば当店にのみこっそりと。独占販売できれば大儲（おおもう）けでくひひひ」

「出しちゃいけない声が出てるけど聞かなかったことにした方がいいかなこれ」

「おっと危ないところでしたわ」

「危機を乗り切れたとでも思ってるんですか？」

いやまあ、レシピを教えるのは別に構わないんだけども。

「でもその前に僕の方が、こっちのお菓子のことを知りたいです。どんな材料で、どんな種類があって、どんなものを作ってるのか。そうしないと違いがわからないですし」

「確かに、ごもっともです。なので存分に食べていってくださいまし」

「あと独占販売みたいなのはどうなんだろう……いや、それくらいの方がいいのかな」

いきなり変なレシピを発表して市場を混乱とかさせたくないしなあ。店の名物として、変わったケーキがひとつふたつ出てくる分にはそこまで妙なことにもならないだろう。問題になりそうなら、期限を切ってレシピを公開する契約を結べばいい。

「ありがとうございます！　ではさっそく、当店のメニューを片っ端から持ってきますね！」

トモエさんはそう言うや否やくるりと振り返り、ふわふわのスカートをなびかせながら神速でかっ飛んでいく。僕らはメニュー表も見せてもらっていない。

あれ？　これひょっとして、

「……スイ」

「うん、僕も同じことを考えてた」

「わう……」

「ショコラにはミルクを持ってきてもらうから、それは心配いらないよ」

「わう！」

「問題は僕らの方だ」

「ん。あの雰囲気はもう確実に……」

「お待たせしましたあっ！」

アメリカのウェイトレスがカウボーイにポンドステーキを運んでくるみたいなノリで、両手に大皿を抱えたトモエさんが戻ってくる。漂ってくるのは甘い香り、載っているのは色とりどりのケーキ、ケーキ、ケーキ。

「さあ、片っ端から召し上がってくださいまし！　感想など聞かせてくださると嬉しいですわ。具体的には向こうのものとの違い、改良の余地、ついでにわたくしたちのケーキにはない発想をお持ちであればそちらをぽろっと明かしてくだされば完璧ですわっ！」

「やっぱりか」

「ん、やっぱり……」

この量、たぶん全部合わせると、二ホール分くらいはある。

つまり僕とカレン、ふたりがいちホールずつだ。

「僕ら、お昼ご飯を食べにきたんだけどなあ」

「なんだかもう断れない空気になってる。こわい」

そして、なにより。

これだけケーキを食べたらもう、他のなにかが胃に収まる余地はない。

「わたくしとしてはこちらのタルトからお願いしたいですわ！　イエローベリーが今は旬ですし、生地に使っている小麦はリエーリア産、卵はギーギー鳥の濃厚なもの、イエローベリーの酸味に負けないよう力強く作ってあります！」

僕らのやんわりとした言葉を、トモエさんはもはや聞いてない。

「こちらのシフォンケーキなども是非！　口の中で生地が溶けるようだと評判ですのよ。そのままで自然な甘さを味わうもよし、お好みでクリームを添えるもよしですが、わたくしのおすすめは葡萄(ぶどう)のソースを絡めることです！」

ただ——次々にケーキを紹介してくる彼女は生き生きとしていて、楽しそうで。ずんずんと前に来て、目を輝かせていて。お客さんたちの前で営業用スマイルを浮かべている時より、遥かに魅力的に見えた。

「……あの、このケーキって、ひょっとしてトモエさんが作ったんですか？」

「ええ、もちろんですわ！」

「トモエさん、給仕と菓子職人(パティシエ)を兼ねてるんですね」

「パティシエ、というのは存じませんが、わたくし、お菓子作りが大好きですの！」

「……そっか」

なんとなく、わかってしまった。

彼女がお菓子作りを好きなのはきっと、僕が料理を趣味にしているのと同じ理由だ。

独占販売とか大儲けとか口走ってはいたけど、本当にお金のためだけに新商品を開発したいのであれば、こんな目はしない。こんな笑みは浮かべない。

こんなふうに嬉々(きき)として、自分の作ったケーキについて語ったりしない。

自分の作ったものを食べてもらいたいから。

食べて、喜んでもらいたいから。

美味しいと言ってもらいたい――その顔が見たいから。

「トモエさんの親しい人に、お菓子の好きな方がいらっしゃったんですか？」

「え、なんでそれを……」

ただの推測だったが、当たってしまった。

だけど――だったら、やるしかないよな。

「カレン、いい？」

「ん。覚悟を決めた。でもお腹(なか)いっぱいになったらあとはよろしく」

「わう！」

「はは、ショコラも応援しててくれ」

僕はテーブルに並べられた色とりどりの想いたちを眺め、まずはシフォンケーキへとフォークを伸ばす。

次はいつ来られるかわからないんだから、お腹が砂糖で埋め尽くされても、できる限りのことをしなくちゃね。

6

人生であんなにケーキと向き合ったのは、初めてだったと思う。

お菓子作りは元々、料理ほど本腰を入れてやっていたわけではなかった。なのでトモエさんに教わることもとても多く、お互いに質問を繰り返しつつああだこうだと知識を深め合うのは楽しかった。

小麦粉や卵、砂糖に蜂蜜、バターにミルク、そして果実と、ケーキを構成する基礎は変わらない。だが世界が変われば材料の種も変わり、味も変わる。僕にとっては手探り、いや舌探りである。そうこうしているうちにこっちにない技術や製法も見えてきて、すごく有意義な時間だった。

ただやっぱり、用意されたケーキの量が、とても、たいへん、めちゃくちゃ、多い。

僕とカレンは胃が満杯になるまでケーキを詰め込んで、神妙な顔で店を後にすることとなった。なお、ショコラはミルクでご満悦である。縞山羊というヤギのミルクだ。僕も味見をしたが牛乳よりコクはないもののさっぱりしており、どこかシナモンに似た独特の風味が美味しかった。

「お前はお腹はちきれるまで飲まされずに済んでよかったな……うっぷ」

「わうっ！」

店を出てから、しばらく大通りの広場で休憩する。噴水のある広場には露店が並び、活気に満ちていた。人並みは多種多様で、肌の色も髪の色も様々。時折、やけに背が低くがっしりした体格の人や、獣の耳と尻尾が生えた人などが通りがかる。前者がドワーフ、後者が獣人だ。

「エルフは見ないね」

「ん、エルフは種族が引きこもり体質。王国内では、街のないところに小さな集落を作って、そこから滅多に出てこない。『虚の森』の中にもそういう集落がある」

「そうなんだ。ご近所さんになるのかな」

「深奥部にはいない。たぶん家で暮らしてる分には会うことはないと思う」

「そっか」

カレンは他の同族のことをどう思ってるんだろう。仲間意識とかあるのかな。

そういえばうちに引き取られた経緯をまだ詳しく聞いたことがなかった。父さんたちの親友の娘さんだった、ってことをなんとなく知ってる程度だ……まあでも、僕らの家族としてここにいてくれるんだから、それでいっか。

ベンチに腰掛けて小一時間ほどお腹を休めたのち、次の目的地へ向かった。

ノビィウームさんの鍛冶屋だ。

昨日ベルデさんの飲み仲間として紹介された彼は、ドワーフ。鍛冶を生業にしていて、シデラでは知る人ぞ知る名店らしい。ただ武具屋や金物屋に卸さず直接販売をしており、そのため商売としての規模は大きくないようだ。

書いてもらった地図を片手に、目抜き通りから横道へ入る。細い路地から裏通りに進むと、小さな看板の下げられたその店があった。

「おう、来たか」

「こんにちは。よかった、ここで合ってた」

木製の扉を開けて中に入ると、壁には所狭しとあらゆる刃物が並べられていた。剣や槍、鏃(やじり)などの武器から、小刀、手斧(ちょうな)、山刀、果ては包丁の類まで。カウンターにどっしりと腰掛けているのは、長くてふさふさの髭を生やしたドワーフの中年男性——ノビィウームさんだ。

「って、今日もお酒飲んでるんですか？」

「おうよ。二日酔いには迎え酒が一番効く」

発言がもう完全にだめな大人だ。でもドワーフだしいっか……いいのか？

僕のジト目に気付いたのか、ノビィウームさんが呵呵と笑いながら、酒瓶をちゃぽちゃぽ振った。

「今日は炉に火を入れておらんからな。さすがに鉄を打つ時には呑んだりせんわい。で……早速始めるか。見せてくれ」

「はい」

ここに来た目的……というより、呼ばれた理由は、僕の剣――リディルだ。

昨日、宿に併設された喫茶店で話している時。彼は僕の腰に提げられたこいつが気になったらしい。今すぐ見せろと騒ぐのをこんな場所で剣を抜かせたらだめだろうと他のみんなが止めて――法律で街中での抜剣は禁止されているそうだ――じゃあ後日に店まで行きますよということになった。

リディルを鞘ごとベルトの留め具から外し、カウンターの上に置く。

「どうぞ」

ノビィウームさんは無言で、鞘の意匠をじっと眺めた。

それから柄を握り引き抜くと、拵えを凝視し、刀身に薄目を寄せ、矯めつ眇めつし――大きく息を吐きながら、感慨深げにつぶやく。

「間違いない。お師さまの銘だ」

「え……ノビィウームさんの？」

驚いた。

そんな巡り合わせがあるなんて。

「ふむ、ただ、不思議ではないぞ？　ワシのお師さまは王国でも随一の鍛冶師で、『鉄』の称号を授かったほどのお人でな。ここ三十年で打たれた名剣の類を掻き集めりゃあ、十のうち九はお師さまの鎚によるものだ」

すごい人の弟子なんだなあ、と僕が感心していると。

「そのお師さまが言うとったのよ。黒瞳のガキに魔剣を打った。あれが自分の最高傑作だ、ってな」

「それって……」

「ああ、親父殿に間違いあるまい。話を聞いたのが十年ばかり前で、その時に十年前と言うとった。時期も合うのではないか？」

「はい、たぶん」

およそ二十年前。

父さんがこっちにいた時期と重なる。

「その、お師匠さまはいま……」

「もうおらん。その話を聞いてすぐだ。鍛冶場で倒れて死んどったよ。ワシら弟子は、鉄打ちとしての大往生だと笑ったっけなあ」

懐かしそうな、誇らしげな目でノビィウームさんは笑う。

そうしてリディルを掲げ、刀身をうっとりと眺める。

「長いこと仕舞われておったと言うてたんでな。手入れが必要ならと思ったんだが……とんでもない、見事なもんよ。『不滅』の特性が付与されておる。魔力が通っておる限り、この剣は傷付きも折れも錆びもせんだろう」

そういえば父さんの推測によれば、地球は高濃度の魔力で満ちた星だという。きっと、あの家の倉庫で使われていない間も魔力が通っていたのだ。

「お前さん、魔剣がどうやって造られるか知っておるか？」

「……いえ」

「まず、ワシら鍛冶屋が剣を打つ。それから使い手が属性と特性を込める。剣は魔術の発露する媒介となるが、同時に器であり……同時に、ただの器でしかない。特に『不滅』なんて特性を付与された日には、武器の質も関係なくなるからな。鍛冶屋の役割などたかが知れておる」

まるで自分たちの仕事を卑下するような言葉だが、口調と声音は違う。

そこにあるのは高潔な、それでいて毅然とした――、

「……だがそれでも、魂は込めるもんよ」

――誇り、だ。

「お師さまは言うておった。自分は頑強な器を作るつもりで依頼を受けた。だが、持ち主はそれでは納得してくれんかった、とな。言われたんだと。『最高の剣が欲しい』と」

それは、かつての昔話。

ノビィウームさんのお師匠さまと、父さんとの。

「親友夫婦を守れなかった。ふたりから忘れ形見を託された。家族ができた。いずれ自分の子もできるかもしれない。だから家族を守る剣が要る。自分の魔導を安心して乗せられる、信頼できる剣が要る。……お前さんの親父殿は、ワシのお師さまにそう言ったそうだ」

そしておそらくそれは、カレンの実の両親との——。

隣でカレンが微かに息を呑んだ。

思わず彼女の手を握る。

僕らはその手に力を込めながら、ノビィウームさんの言葉に耳を傾ける。

「だからお師さまは、『器』ではなく『剣』を打ったそうだ。願いを鎚に込めて、魂を鉄に叩き付けた。素材の選定、形状、拵え、あらゆる細部に気を巡らせた。どこを見てもどこに触れても、なにを斬ろうとも……使い手が安心して刃に身を任せられるようにと」

剣が鞘に納められ、くるりと僕へ柄が向けられる。

「返そう。手入れは必要ない。親父殿とお師さまとの信頼は、今も生きておる」

「……ノビィウームさん」

ずしりと重い――今までと違いそう感じる剣を腰に着け直しながら、彼に告げた。

「僕は剣の素人です。それに父さんと違って、積極的になにかと戦うこともないと思います。この剣は父さんから受け継いだ形見で、身を守るために持っているけど……たぶん本質的な意味で、僕のものじゃない。ノビィウームさんのお師匠さまと父さんとの間にあった信頼は、僕が割り込んでいいものじゃない」

　無言で続きを促してくるノビィウームさんへ、続ける。

「ノビィウームさんは、武器以外の刃物も作るんですか？　そっちの壁には調理用の包丁もありますよね」

「ああ、なんでも打つぞ。ワシもお師さまも、武器だけを作るために鉄を打っているのではない。鉄を打つために鉄を打つ……できた刃でなにを斬るかなど、些細(ささい)な問題よ」

　うん、よかった。

　だったら――さっき倉庫で注文しちゃったけど、改めて。

　僕が身を任せるための刃を、この人に打ってもらいたい。

「包丁をひと揃え、お願いできませんか。深奥部の獣たちの骨を断てるような。肉の筋を綺麗に切れるような。柔らかい野菜を潰さずに刻めるような。食材を安心して任せられるような。……僕が家族のためにできること、したいことを、存分にできるような」

　剣士なんて柄じゃない。

魔導士と言われてもまあ、まだピンとは来ない。

強敵に挑む冒険なんて、たぶんこれからもしないだろう。

だけど僕はきっと、僕が僕である限り。

母さんや、カレンや、ショコラや、そして新しく一員になったポチにも。

美味しいものを食べて欲しいと、思い続ける。

「時間がかかるぞ。お前さんが森に帰るまでには到底、間に合わん」

「はい。できあがったら取りに来ます」

「鉄を鍛える前に、闇属性を込めるところから始めにゃならん。何度も通う必要があるぞ」

「行き帰りは友達の竜族(ドラゴン)に頼みます……申し訳ないけど」

「値も張る」

「今は母さんに立て替えてもらうしかないです。でも必ずいつか、自分でお金を稼げるようになってみせます」

ノビィウームさんはそこからしばらくの間、僕のことを無言で見詰めていた。

だから僕もその目を、太い眉の下で鈍く光る視線を、真っ直ぐに見返す。

ややあって、彼はにかっと、嬉しそうに笑って言った。

「立て替えなど認めんぞ、出世払いだ。いつでもいい。お前さんの手で、お前さんが稼いだ金で支払いに来い」

「ありがとうございます！　はい……必ず！」

インタールード　前線街シデラ　冒険者ギルド

「ええ、待機してもらっていた騎士団は帰都。手当は臨時出張費で計上して。そうね……特別配当（ボーナス）として、全員に規定額の二割を上乗せしておいて」

「よろしいのですかな？」

「構わないわ。彼らにとっては徒労となったでしょうし。街を観光して回ることもできなかったのだから、せめてものお詫（わ）びよ」

シデラ村、冒険者ギルド支部。

その一室に臨時で設けられた、王立魔導院特別会議本部――。

やや手狭なその場所で、顔を突き合わせて話し合いを進める者たちがいる。

「倉庫の物資も予定通りで構いませんか？」

「ええ。あの子たちが選ばなかったもののうち、食料品なんかはすべていったんシデラの孤児院に寄付。腐敗や劣化しないものに関しては一覧（リスト）をギルドに開示した上、希望者がいれば相場の七割で放出していいわ」

「会計上はかなりの損失が出ますが……」

「私の全資産から見れば軽微よ。そうですよね、先遣隊隊長殿」

「ええ、投資に回していた分の利潤のみで賄えます」

話し合いを主導するのは三人。

ひとりは、健康的かつ艶かしい四肢を魔女装束の隙間から覗かせる女性——王立魔導院は境界融蝕現象研究局の局長であり、この一連の計画の主導者たる、ヴィオレ＝エラ＝ミュカレ＝ハタノ。

ひとりは、理知的で淑やかな物腰で腰掛ける少女、の外見をした老婆——同研究局顧問にして、シデラ村への先遣隊隊長を務めたセーラリンデ＝ミュカレ。

そして最後のひとりは、皺だらけの痩身でありながら目には矍鑠たる光を宿す老爺——同研究局副局長、ギギナイ＝ウィ＝ソルクス。

「ギルドに払い下げた品のうち、後から必要になったものが出たらいかがしますかな？　中には容易に手に入らぬものもありましょう」

「私が明日にでも、『後から必要になるかもしれないもの』を追加で選定するわ。その上で取りこぼしがあるなら、それは私の責任よ」

「払い下げ品の取りまとめは私が引き受けますよ。あまりにも貴重なもの、市場に出すと混乱が起きかねない霊薬の類などは止めておいた方がいいでしょう」

「ありがとう。ではお願いします」

話している内容は極めて端的、かつ事務的なものである。

だが議事録を作成している書記たちは、筆（ペン）を持つ手の震えを抑えるのに必死だった。

何故ならその三人はいずれも、国家の重鎮であるからだ。

国王が頭を下げ『鹿撃（しかう）ち』の爵位を与えてまで王国に留め置いた『天鈴の魔女』ヴィオレ。

その伯母にして、五十余年の長きにわたり国家に尽くしてきた『零下の魔女』セーラリンデ。

更には先王の兄、つまりは歴（れっき）とした王族であり、今は副局長の地位にあって融蝕現象の研究事業を支える、ギギナイ殿下。

彼女ら彼らの言葉をひとつであっても記述し損ねれば、果たしてこの身がどうなるか——議事録の作成にいかに手慣れていたとしても、速記の精確さに自信を持っていても、それらは書記たちの肩の荷を軽くするものではない。

会議は続く。端的に、事務的に。

「研究局の方はいかがいたしますかな、局長？　融蝕現象が実際に起きたとなれば、利権を狙う貴族たちが黙ってはおりますまい」

「知ったことではないわ。……少なくとも今回の融蝕現象について、手出しや口出ししようとする者はいない。そうでしょう？」

「怖いお人だ。まあ確かに……仮にいても、いなかっ、た、、ことに、な、るでしょうな」

「あなたが動かなくても、王家が動くでしょうね。『鹿撃ち』位とはそういうものです」

ただ一方で、この会議そのものは間違いなく政治である。

「まあ、研究そのものは続けてもらって構わないわ。私が楽隠居を決め込んでも、組織は回るように作ってある。感知装置はこれからも問題なく動くはずだから、万が一、本件とは別の融蝕が起きた時にも役に立つでしょう。なので殿下……あなたが局長になって引き継いでくれる？」

「老骨に無茶を言いなさる。まあ、引き受けましょう。余生の楽しみが増えたと思えばいい」

「職員のみんなによろしくね。私のために働いてくれたこと、感謝します。……彼らにも臨時報酬を。資金提供者を降りたりもしないから生活の心配はしないで、とも」

たとえばヴィオレの高圧的な言葉はすべて、わきまえの足りない貴族たちへの牽制である。境界融蝕現象でこちらへ来た転移者――つまりスイ＝ハタノを己のために利用しようと目論む者どもは、この議事録を見て震えあがるだろう。

『鹿撃ち』の『鹿』とは王家のことだ。

なれば『鹿撃ち』の位とは、いかなる無礼も不遜も問わぬ、故に形だけでいいから仕えてはくれないか――王家がそう希い、招き入れた者の証である。

そんな者が「息子に手を出そうとする者は殺せ」と王家に命令しているのだ。

自分の古巣で働く職員たちの身分をこれまで通り保証しろ、と言っているのだ。

そしてそれに対し、先王の兄と王家の重臣が揃って、従順に頷いている――。

これでもわからぬような輩は、たとえ貴族といえども滅んで然るべき。

そういう意味で書記たちの緊張は決して間違いではない。いま自分たちが速記しているのは、まさしく政において権力を切り裂き得る魔剣である。

†

だが不意に、彼らの緊張に弛緩の時が訪れる。

「書記。ここから先は私が許可を出すまで記録を止めて」

他ならない局長――『天鈴の魔女』ヴィオレが、突然そう言ってきたのだ。

書記たちから安堵の溜息が漏れたのを、誰が責められよう。

彼らが筆を置いたのを確認し、ヴィオレが視線を向けたのはセーラリンデだった。

「――伯母さま。本当に、会っておかなくてもいいの？」

役職名でではなく伯母と呼ばれ、セーラリンデはわずかに目を見開く。

「伯母さまにとっては姪孫……いえ、今や唯一の血縁よ。私もあの子たちにあなたを紹介したいわ」

「そうですね……本音を言えば、会いたい。会ってみたい」

セーラリンデが微笑んだ。ただその顔は、どこか寂しそうに。

「でも、私にその資格はありません。少なくともなにも知らされていない状態で、あなたの息子と娘に、合わせる顔はありません」

「でも……」

「ヴィオレ。私は本来、あなたに伯母と呼ばれる資格もありません。私は――あなたの両親が、あなたにどんな仕打ちをしていたのか知ろうともしなかった。その上、カズテル殿との結婚も反対した。しかも、酷い言葉で」

「それはもういいって言ったでしょう？　あの人たちと違って、伯母さまは私のことを思ってのものだった」

「あなたがよくても私がよくないのです。私は、私が許せません。だからせめて、あなたがスイとカレンに……あなたの子供たちに、自分の生まれと育ちを話すまで。子供たちがその上で、私に会ってもいいと言ってくれるまでは」

「過去のことはともかく、私はずっと伯母さまに世話になっているわ。国との仲介はもちろん、資産の管理だって」

「そんなことでは贖いになりません」

しばらくの間、沈黙が場を支配した。

ややあって先に口を開いたのはヴィオレの方だ。

どこか諦観の混じった声音で、問う。

「シデラにはいてくれるのよね？」

「ええ、先遣隊はそのまま常駐隊として、現地であなた方の支援を続けます」

「わかったわ。だったら近いうちに、息子たちに話します。だけど覚えておいて、伯母さま。スイとカレンは優しい子たちよ。あなたにお礼を言いこそすれ、責めたり詰(なじ)ったりは絶対にしないわ」

「それはそれで、気の重い話ではありますが……」

セーラリンデは深く溜息を吐く。

そうしてひとりごちるがごとくに、述懐する。

「誰も彼もが、私を置いていなくなった。息子を幼くに亡くし、夫にも先立たれ……あなたの父を、あなたは恨みに思っているでしょうけれど……それでも私にとっては、可愛(かわい)い弟でした」

少女の面立ちに差す感情の陰は歳(とし)相応の、七十を超えた老婆のものだ。

だがそれでも彼女は、光を見る時のように目を細め、優しげに笑った。

「ヴィオレ。たったひとり遺(のこ)された、私の可愛い姪(めい)。私は命ある限り、手の届く限り、あなたを支えます。だからあなたは、あなたの家族と幸せになって。そうしていつか……そうね。私にも、その光景を見せてくださいな」

第三章 ✵ 大森林の小さな家

1

シデラの街で三泊四日を過ごし、とうとう家に帰る日となる。

見送りには、例の五人が揃って来てくれた。

「スイっち、カレンちゃむ、またねー！　こっち来たらちゃんとギルド遊びにくるんよ！」

リラさんはこの四日で僕とカレンのことを変なふうに呼び始めた。特に僕はなんなんだ。ゲーム機かな？　面白いのでいいけど。

「じゃあな。……冒険者登録もしたことだし、次に来る時は連絡してくれや」

シュナイさんとはあまり話せなかったが、斥候（スカウト）を専門にしている冒険者だそうで、狩りのコツなんかを教えてもらう約束をした。

「ワシもちょくちょく連絡することになる。通信水晶（クリスタル）はこまめに見ておけよ」

ノビィウームさんには包丁を作ってもらう関係上、今後も継続的にやり取りをする予定だ。いつになるかはわからないが、完成が楽しみである。

「スイさん、例の件、お願いいたしますわ。新しいレシピを考案したら迅速に！」

トモエさんがお淑やかに振る舞うことも忘れてぶんぶんと手を振ってくる。責任重大だが、家に帰ってからじっくり考えよう。

そして、ベルデさん。

「……またな」

他の四人がわいわいと騒ぐ中、腕を組んで静かに頷く。その仕草はやたらと渋く、同時に愛嬌もあって、『格好いいおじさん』とはこういう人のことをいうのかと感心してしまった。バイキングと盗賊の合体進化とか思っててごめんなさい。

五人に見送られながら、塁壁に設けられた門を潜って『虚の森』へと入っていく。やがて彼らの姿が遠くなり、門が閉められ、後に残るのは木漏れ日と木々のざわめき、そして車輪が轍を刻む音。

「長い道のりになるけど、よろしくな、ポチ」

「きゅるるぅ！」

「ショコラも頼んだ。ポチのことを守ってやってくれよ」

「わうっ！」

蜥車(せきしゃ)を牽くのは甲亜竜(タラスク)のポチ。甲殻を纏ったトリケラトプスみたいな外見は後ろ姿もかっこいい。その横をとことこと随伴するショコラは、子分の勇姿にどこか誇らしげだ。

「しかし、すごい力だな、ポチは」

「ん。ヴィオレさまがいっとう立派な甲亜竜(タラスク)を頼んでくれてたみたい」

ポチが牽引するのはかなり大きなワゴンだ。全体に幌(ほろ)が張られており、中には物資が満載されている上に、僕らが仮眠を取るスペースまである。

こういう馬車の名前なんていったっけ。コネチカット？　いやそれは地名か。ええと……コネストック？　たぶん違うな……。

ともあれワゴンもでっかければ車輪も多い。

今はまだ冒険者たちの作った道がある。草木を切り拓いて地面を踏み固めただけのものだけど、ワゴンも悠々通れるほど広い。ただ、この道は中層部に辿り着く前にはなくなってしまうそうだ。いずれ道なき道、木々の間を縫いながらの通行となるだろう。場合によっては木を伐採し、スペースを確保しながら。

御者台には母さんが座っているが、母さんばかりに手綱を握らせるわけにもいかないから、僕らも実践練習しつつ折を見て交代する予定だ。

「予想していたよりも大きい蜥車(せきしゃ)だし、のんびり行きましょうか。半月くらいを見ておけばいいかしらね」

当初の予定よりも五日オーバー。ちょっとした旅である。

「……それにしても、あんまり揺れないんだな」

蜥車は静かなものだ。時折がたごととはするが、お尻が痛くなったり、ましてや振動で気持ち悪くなることは一切ない。

僕の漏らしたつぶやきに、母さんが振り返り嬉しそうに応える。

「サスペンション……スイくんは知ってるでしょう？」

「知ってるけど、ひょっとして」

「昔、お父さんが開発した……いえ、もたらした技術なの」

「父さんが……」

僕の驚きに得意げな顔をして、母さんが続けた。

「それまでも似たようなものはあったけど、お父さんのは、車輪ごとが独立して衝撃を吸収する設計でね。開発する時も『うろ覚えだ……』って頭を抱えながら、あれこれ試行錯誤してたわ」

当時のことを思い出しているのだろう。すごく優しい目で語る。

「あとは、そうね。私たちがお家に帰れるのもお父さんのおかげ。カレンとお母さんがスイくんのところに辿り着けたのもね」

「それって……」

「『世界間測位魔術(GPM)』っていうの。空高くに使い魔を滞空させておいて、そこに特定波長の魔力を反射させる……地球にも魔導を使わないやつがあるんでしょう」

「GPSだ……そんなことまで？」

唖然とする。いや、空高くって衛星軌道上でしょ？

使い魔っていうのがどんなのかはわからないけど、いけるのそれ。

「ってことは、この通信水晶(クリスタル)も？」

「そう、よくわかったわね。さすがだわ！　上空の使い魔と、世界各地に建てた魔力受信塔……正直、これの特許だけで我が家の財産はものすごいことになってるのよねえ」

「ええ……インフラが個人の私有物なんだ……」

もはや感心を通り越して呆(あき)れてしまう。とんだ現代チートだ。父さんが転移したのって二十年以上前じゃなかったっけ。その時代にチート無双とかいう概念あったのかな……なかったとしたら意識せずにやっちゃってたのか……。

「それって、社会が混乱したりはなかったの？」

僕は小心者なので、そっちが心配になってしまう。

母さんは苦笑した。たぶん、僕の口から真っ先に出たのがそれだったのがおかしかったのだろう。

「多少はね？　でも、みんなの暮らしは楽になったわ。送れるのは短い文だから、郵便はなくならない。通信水晶（クリスタル）のせいで失業した人はたぶんほとんどいないはずよ。世界間測位魔術（GPM）に至っては、魔力がものすごく必要だから一般人に使えるようなものじゃないし。あとね……世界もいくぶんか平和になったわ。だって戦争するような国には受信塔が設置されないんですもん」

「王国だけに技術提供したんじゃないんだね」

「ええ。望めばどの国でも。……もちろん世界から戦争がなくなったわけじゃないし、この技術が原因で起きた諍（いさか）いもあるわ。でも、それでも私たちは——空へ使い魔を打ち上げたことを、後悔しなかった。今も、後悔していない」

「そっか」

僕は、嬉しくなった。

語る母さんの横顔に、誇りと信念が見えたからだ。

父さんと母さんは、この世界をより良くしようとした。より良くなると信じ、未知の技術をもたらして世界を変えた。

戸惑った人もいただろう。

失業した人も『ほとんどいない』のなら、多少はいたってことだ。

そしてたぶん——きっと、人が死にもした。

それでも父さんと母さんはやった。

結果、世界間測位魔術（GPM）と通信水晶（クリスタル）はきっと多くの人を救っただろう。多くの人を喜ばせただろう。多くの人に、新しい職を与えただろう。

産業革命が未（ま）だ起きていないこの世界にGPSとSMSを普及させるのは一見、ちぐはぐでめちゃくちゃに思える。だけどこの世界には魔導があり、文明は地球とは違った形で進歩しているのだ。

つまりGPSやSMS『っぽいもの』をどうにか魔導で再現したと考えるなら——父さんが真にもたらしたのは、技術ではなく発想なんだろう。

「すごいな。本当にすごい」

「ふふ、ありがとうね」

僕が深い溜息とともにつぶやくと、母さんは破顔する。

息子の僕に対し、誇らしげな気持ちになってくれてるんだとしたら僕も嬉しい。

ただ一方で、そんな偉業を成し遂げたふたりの息子としてはやっぱり思うのだ。

僕は……スイ＝ハタノは、何者かになれるのだろうか、と。

シデラの街に行き、奇（く）しくも父さんを恩人だと仰ぐ人と知り合って、彼の話を聞いた時から——この感情は心の奥に燻（くすぶ）り始めた。

別に世界を変えたいわけじゃない。

大それたことをしたいわけじゃない。

そういう意味で僕は、父さんや母さんとは、違う。

だけど、ほんの少し。

僕にできることがもしあるのなら。僕がこの世界に帰ってきた意味があるとするなら――あ、意味があるかどうかなんて考えてしまうってことは――。

僕はやっぱり、この世界で、なにかをしたいんだ。

たいしたことじゃなくてもいいから、自分が誇れるような、自分の一歩を刻みたいんだ。

蜥車(せきしゃ)は順調に山道を進む。

いずれこの道はなくなっていく。

その先も、父さんと母さんが用意してくれた標(しるべ)があるから、家には帰り着けるだろう。

ただ、帰り着いた後――僕の一歩はどこへ向かうのか。

道標は、まだない。

2

森の中の旅程は楽しかった。

ポチの牽引する蜥車(せきしゃ)は着実に進み続ける。

さすが『神威の煮凝り』のひとつたる『虚の森』、時には獣が現れ、時には変異種と出くわしたが、僕の結界はやつらの攻撃をまったく寄せ付けず、母さんとカレンは襲ってきた敵を問答無用で片付ける。

ショコラはポチのそばで彼を守り、ポチもやがて安全であることを確信して魔物を恐れなくなった。変異種はともかくとして普通の獣などは、もう途中から「おっ今日のご飯が来た」くらいなノリである。……さすがに外見に虫のパーツが含まれてるやつは気持ち悪くて食べられなかったけども。土蜘蛛とかいうらしいけど、なにあれこわい。

森の景色も一様ではなく、新鮮だった。ジ・リズの背から見下ろした時は緑一色だったのに、実際に歩いてみると全然違う。鬱蒼とした場所が続くこともあれば急に草原が開けることもある。川も流れているし大きな湖だってあった。

中層部から先は道なき道を進んだが、それでも蜥車の歩みが止まることはほぼなかった——通れそうにない場所は僕らが先行して木々を薙ぎ倒していった結果だけど。これ、何往復かすればちゃんとした道ができちゃうんじゃないか。

そんなこんなで不満といえばお風呂がなくて濡れタオルで我慢しなきゃならなかったことくらいで、母さんが予測していた半月がきっかり過ぎた頃、僕らは懐かしの我が家へと帰り着くのだった。

†

まずはみんなで父さんのお墓にただいまを言って、出かけた時とまったく変わらず森の中に建っている我が家に安堵する。遠隔からでもしっかり結界は作動していたようだ。

畑に植えていた作物が軒並み無事であったのも驚いた。半月以上放置していたからさすがに大半はダメになっているんじゃないかと覚悟していたのだが、どれも元気そうにすくすく育っている。

というか、雑草もほとんど生えてないんだけどどういうこと。

「たぶん、スイくんの魔術なんじゃないかしら」

母さんはそんなことを言った。

「結界とか『食糧庫（ストック）』と理屈は同じだと思うわ。短期未来予測を繰り返しながら、因果を操作してより良い結果を選択する……さすがに土の栄養がなくなったり雨が降らなかったりしたらどうしようもなかったでしょうけど、土はスイくんが頑張って作ってたでしょう？　雨も、幸いなことに降ってくれたみたいね」

確かに土の具合を見てみると、やや湿っていた。

「父さんも同じことができたの？」

「お父さんはできなかったと思うわ。畑仕事もしたがらなかったし……そもそも、魔導の素養はあの人よりもスイくんの方が優れているのよ」

褒められてくすぐったいが、自分でもよくわかってないチートだからなあ。ただ、だからといって気を抜いてこれからの手入れを怠る気もない。

「まあ、万事こともなし、ってことで……とりあえず、お風呂沸かすかあ」

蜥車（せきしゃ）の荷物についてはひとまず母さんとカレンに任せる。元々が分類されて積まれていたので、降ろすのは楽だ。とはいえすぐに使うもの以外はとりあえずワゴンの中を保管場所にしておこう。

家の裏に行き、ボイラーに薪と火を入れる。ようやくお風呂に入れると思うとうずうずする。森の中をみんなで進むのは楽しかったが、やっぱり不便はあった。そのうちのひとつにして最大の問題がお風呂だ。

ちなみにその次のやつは睡眠。蜥車（せきしゃ）の中、交代で眠りながらの行軍は、サスペンションのお陰でそこそこ快適ではあっても、やっぱり安眠にはほど遠い。疲れが蓄積しているのが自分でもわかる。

「……できればお風呂入ってすぐ眠りこけたいところだけど、そうもいかないよね」

ゆっくり眠る前に、やらなきゃいけないことはたくさんあるのだ。

「スイくーん！　荷物、降ろし終わったわよー！」

「わかった、今行く！」

玄関から家に入る。

居間には食料品が山積みになっていた。これの仕分けは、僕の仕事だ。

箱を前にして腰を据え、気合いとともに腕まくりをする。

「カレン、ポチのご飯を頼める？　ショコラも一緒に行ってやって」

「ん、了解」

「わうっ！」

カレンとショコラは頷くと外へ向かう。ご飯といっても家の外に生えている草を食べさせるだけなのだが、塀の外は森の中。護衛が必要だ。

「……ポチの住むところ、すぐにどうにかしなくちゃなあ」

あの巨体はさすがに家の中で暮らせない。今日のところは庭で寝てもらおうと思っているが、いつまでも野晒し（のざら）しのまま過ごさせることもできない。

最終目標は本格的な厩舎と、放し飼いで快適に過ごせる広めの放牧地を作ってやることだが、これはさすがに身体強化をフルに使っても一朝一夕にはいかないわけで。

「スイくん。今のうちに少しでも森を切り拓いておきましょうか？」

「そうだなあ。疲れてない？」

「あら、お母さんを侮らないでちょうだい。することがなくて暇なのよね」

母さんは半月間の道中、誰よりも動いてくれた。僕やカレンの倍くらいの長さの道を作り、僕やカレンの半分も寝ていない。だからできれば休んで欲しかったのだが……。

「わかった、お願い。代わりに一番風呂に入ってね」

「ええ、ありがとう。家の……そうね、裏手にしましょうか」

「うん、解体場と反対側の方がいいか」

気休めかもだけど、血のにおいに誘われて変異種が襲ってくるとしたらそっちだ。

「どれくらいのスペースにするかはまた明日決めるから、そんなに張り切らなくていいからね。あと、伐採した樹は薪と木材にするから燃やしちゃわないでね」

「はーい」

楽しそうな顔で、僕に投げキッスをして居間を出ていく母さん。僕は愉快な気持ちになる。我が母ながら可愛らしいな……父さんが惚(ほ)れるのもわかる。

「さて、こっちはこっちの仕事をしますかねっと」

木箱を開けて中を確かめる。

食料品はとにかく思い付くものを片っ端からもらってきた。最初の半月で不足していたものを中心に。

まずは塩に砂糖――『食糧庫(ストック)』にあるけど、向こうとこっちで質や味に違いがあったので一応、念のため。異世界産(こっち)の方がさすがに質は劣るものの、風味や舌触りの差はどちらが上ということもなく、これは使いようだなと思ったのだ。

次いでスパイス類。母さんが持ってきてくれた分は種類も量も限られていて、いつなくなるか不安だったので助かる。

これはもう手に取るだけでわくわくした。日本にもあったものから見たこともなかったものまで、名前が同じものから違うものまで。特筆すべきはクミン（らしきもの）だ。こっちじゃ精油にしたり挽いて香辛料にしているそうだが、じっくり炒めてから粉にすれば……懐かしきあの味が作れると思うと、夢が広がる。

それから蜂蜜、パン粉に小麦粉、片栗粉など。この辺りも今まで足りなかったものだ。僕が料理担当だった弊害なのか、それとも元々そうなのか、父さんは生活能力に乏しかった。なので父さんがこの家に用意してくれた支援物資の中にはこの手の――料理のバリエーションを増やすためには欠かせない、けれど自分で作らないとすぐには思い付かない、そういった類の食品が足りていなかったのだ。

「……でも、そういうところが父さんらしいんだよね」

小麦粉も片栗粉もないじゃん！　って呆れる時、懐かしく穏やかな気持ちになる。でも料理酒とみりんに気が付けたのはえらい！　って感心する時、温かくほころぶような気持ちになる。

この世界で残した偉大な功績もいいけど、僕はやっぱりこっちの方が父さんの存在をより感じられるんだ。僕のよく知っている、日本で暮らしていた頃の――頑張ってはくれててもちょっと抜けている、あの姿の方が。

目元を手で強引に拭って、最後のとっておきを手に取る。

大きな壺（つぼ）だ。厳重に密閉されていて、持ち上げて振るとたぷたぷと音がする。

中に入っているのは、油。菜種から精製した、つまり植物油である。

「今夜のメニューは決まりだね」

クミンを元にスパイスを調合するのは試行錯誤が必要だが、こっちはすぐいける。なにせ片栗粉がある。

キッチンの戸棚を開け、仕入れた物資を片っ端から押し込める。収納スペースには元々けっこうな余裕があって、棚の半分くらいは空っぽだったのだ。父さんは僕が現地調達することを見越していたのだろう。

調味料、スパイス、穀物粉各種、それに油壺（あぶらつぼ）。それぞれ『食糧庫（ストック）』で消費を抑えられるよう、複数を仕入れてある。

「よし」

キッチンに積まれていた木箱の中身がすべて空になったのを確認し、僕はぱんぱんと手を払った。

そろそろお湯も沸いている頃だろう。ポチはお腹いっぱいご飯を食べたかな。

だったら次は、僕らの番だ。

肉もある。昨日、道中で余分に鳥を狩ってもらっている。

そう。着く前から決めていた、絶対に作るぞと。

ひと月はゆうに食べていない。恋しくてたまらない。

僕はキッチンに立ち、油壺を撫でて高らかに宣言する。

「今日は、唐揚げだー！」

3

地球において揚げ物の起源は古代ローマにまで遡るそうだ。

日本料理でも、調理法の基本である『五法』——生(なま)、煮る、蒸す、焼く、揚げる——のうちのひとつとして数えられている。人類が文明を築くにあたり、熱した油に食材をくぐらせるという行為の発明は必然であったのだろう。

なので当然、この異世界においても揚げ物はある。シデラの宿で魚のフライが出てきた。美味しかった。

だが一方で、唐揚げはない。

少なくとも僕の知っている、僕の慣れ親しんだ『唐揚げ』は——ない。

何故なら『唐揚げ』とは家庭の味であり、誰もが心に理想の唐揚げを持っているものだからだ。つまり波多野（はたの）家の唐揚げとは、父さんと一緒に食べたあの記憶と思い出を想起させる味でなければならない。

僕が今から作るのは、そういうものなのだ。

材料の違いが多少はあれど、きっとできると信じている。


まずは鳥のもも肉をぶつ切りにする。

異世界の森の中で獲（と）れたギーギー鳥は向こうの鶏によく似た味がする。ブロイラーよりも味が濃く肉質も柔らかめで、唐揚げにはうってつけだろう。

皮はそのまま。血合いと余分な脂は丁寧に取り除きつつ、カットはひと口よりもやや大きめ。フォークで刺して穴を開け、ごく少量の塩で揉（も）み込む。それから水気を粗布できっちりと拭けば、肉はＯＫだ。

次に下味のタレを作る。

すり下ろしたニンニクと生姜、それに醤油と酒。隠し味としてほんの少しのお酢。シデラの倉庫で卸し金を入手できたのがありがたい。家にはなかったのだ。父さん、こういう調理器具は思い浮かばなかっただろうな。

味見しながら微調整してから、できあがったタレに鳥肉を漬け込む。これを冷蔵庫に入れて三十分。充分に味を染み込ませてから、片栗粉を付けていく。

なんとびっくり、こっちの片栗粉は『本物』——つまりジャガイモの澱粉ではなく、カタクリ（正確に地球のものと同じ品種ではないと思うけど）の地下茎から作られたものだった。きっとジャガイモで代用していないのは、そもそも片栗粉の需要が少ないのとジャガイモの大量生産ができていないせいだろう。なおジャガイモに似た芋も存在した。種芋をもらってきたので近いうちに畑に植える予定だ。

ともあれ片栗粉は付けすぎないように。まぶした後で叩いて余計な分を落とす。

油を鍋に入れて熱していく。いつものサラダ油とはちょっと違うはずなので、箸を入れながら慎重に温度を見て、頃合いだと思ったら三つずつ投入。

我が家ならではのコツは、揚げている最中に時々引き上げて、空気に触れさせることだ。これは近所にあった惣菜屋のおばさんに教えてもらった。こうすると衣が空気を含み、歯触りの良さが違ってくる。油の温度が下がりやすいので一度に多くを揚げられないという欠点はあるけども。

いい具合になったのを見計らって油切りの上に載せたら、次の三つ。それを繰り返して——久しぶりだし肉もたくさんあるし、山ほど作ってやろう。構うか、余ったら僕が食べる。

付け合わせはいつもの野草。小松菜っぽいやつを帰りの道中で採ってきた。アクがないので生でもいけるし、サラダにする。洗って刻んで、醤油と砂糖と酢でドレッシングを作る。あとは唐揚げと一緒にお皿に盛り付けて、パックご飯を温めてから茶碗によそい、完成だ。

テーブルにお皿とご飯を並べ、窓から顔を出して叫ぶ。

「ご飯、できたよー！」

†

日本にいた頃の食卓を思い出してしまったので、ショコラにはドッグフードをお皿に盛ってやった。

ポチはもう充分に草を食べていたようだが、デザートとして小松菜（っぽい野草）に塩を振ったものを用意した。甲亜竜（タラスク）には定期的に塩を舐めさせてやれと聞いていたからだ。半月も荷物と僕らを牽いてくれてたから、疲労回復になるといい。

掃き出し窓を開けてリビングと庭先、みんなでいただきますをして食事を始める。

「あの……どうかな？」

食べ始めてからしばらくがみんな、無言だった。

なので僕は不安に駆られる。

正直、肉がブロイラーでないことや油が違うことを加味しても、かなり正確な『いつもの味』になったと思う。上手く作れたという自信がある。だからできれば、母さんたちにも気に入ってもらいたいんだけど……。

ややあって、ひとつ目の唐揚げを飲み込んだふたりが揃って声をあげた。

「スイ」

「スイくん」

そして僕を見て、喜色満面に顔を輝かせて叫んだ。


「「これ！　すごい‼」」


「美味しいわ……ぱりっとしていて、中はじゅわってて」

「ん、こんな美味しいフライ、食べたことない」

「強い味付けなのに、鳥の味も引き立ってるわ」

「全然脂っぽくない。フライなのにどうして？」

感想をまくしたてながらふたりの箸は次の唐揚げに伸びていた。はしたなくも大口を開けて一気にかぶりつき、はふはふさせながら、

「これはなんていう料理なの⁉」

「唐揚げっていうんだ」

——よかった。

僕は安堵とともに答える。

「んぐ……、あっちの世界のお料理？」

「そうだよ。日本ではありふれた家庭料理のひとつで、家ごとに味付けが違ったりするんだ」

「ごくん……じゃあスイもいつも食べてたの」

「うん。慣れ親しんだ味だよ。ここに来てから材料が揃って、やっと再現できた」

感慨とともに語ると、母さんがはっとしたような顔をする。

そしてどこか遠くを見るような目で、問うた。

「ねえスイくん。お米と、唐揚げと……これが、向こうでの、普段の食卓だったの？」

僕は、頷く。

「週に一回は唐揚げだったよ。父さんも好きだったから、たくさん揚げてふたりでいっぱい食べてた。……美味しいなっていつも褒めてくれた。ショコラは、いま出してるドッグフードが好物で、だから……」

思わず声が詰まった。

たとえ実は異世界の生まれであっても、こっちが僕の故郷でも。

日本で父さんとショコラと暮らしたあの日々は確かに本物で、僕らの日常は確かに、あそこにあったんだ。

寂しいってわけじゃない。戻りたいわけでもない。

ただ——。

父さんと笑い合いながら唐揚げを食べて、ショコラがガリガリとドッグフードに夢中になって、幸せな気持ちで一日が終わる。

あのなんでもない記憶を、思い出を、忘れたくはない。


母さんが手を伸ばしてきた。

僕の頭を撫でる。

そうして、笑った。

「じゃあこれからも、週に一度は食べさせてくれる？」

「うん」

「みんなで一緒にね。ショコラもこのドッグフードよ」

「うん」

「わうっ！　はぐっ」

「今日からはポチもいる。ポチ、スイの作ったサラダはどう？」

「きゅるるっ！」

「ポチも美味しいって。確か、週に一回くらいはお塩を食べさせてって言われてたから……ん、ちょうどいいね」

「……うん」

よかった。

これで忘れずに済む。

それどころか――続けることができる。

なんでもない記憶、なんでもない思い出。日本だろうと異世界だろうと、僕が唐揚げを作る限り、この食卓を、この幸せを、ずっと繰り返していけるんだ。

「本当はね、味噌汁もあると完璧だったんだ。けど、味噌は手に入らなかった。代わりに大豆っぽい豆をもらってきたから、製造に挑戦してみようかと思う」

「まあ、楽しみだわ。みそ、ってどんなものなの？」

「日本の伝統的な調味料だよ。慣れないと不思議な味に感じるかもしれないけど、上手く作るからさ。だから」

「だいじょぶ。スイの作ったものはすべて最高に美味しい」

「ええ。お母さんも好きになるに決まってるわ」

僕は唐揚げを口に入れて、ご飯をかきこむ。

今まで気付かなかったけど、不意に自覚した。

茶碗の底の方に手を当てる持ち方とか、ご飯を多めにかきこんじゃうところとか――ああ。

僕って、食べる仕草が父さんとよく似てるな。

4

夕ご飯を食べたあと、部屋の配置換えをした。

今までは寝室に僕（とショコラ）、夫婦の部屋に母さん、そして客間にカレンが寝ていたのだが、カレンがいつまでも客間を使い続けるのはどうにもすっきりしなかったからだ。

そこで僕の使っていた寝室を彼女に譲りつつ、僕は父さんの書斎を使うことにした。

書斎は本棚やなんかがあってやや手狭だったものの、そもそもあの寝室がなにもなさすぎたのだ。こっちは家具でみっちりな分、日本にいた頃の部屋とさして変わりない感覚で、むしろ落ち着くくらいだった。

模様替えしてスペースを作り、シデラの街で仕入れた組み立て式のベッドを書斎に運び込み、布団を敷いて作業は終了。異世界産の組み立てベッドはけっこうよくできていて、地球にあったアルミ製の量産品と形状がよく似ている。ベースは木製で、関節部などを薄い鉄で補強し耐久性を高めているらしい。

それでも本来は長く使うようなものではなく、数年で買い替える消耗品という扱いなのだそうだが、どっこい僕には闇属性の魔術がある。『不滅』の特性付与をすれば壊れることがなくなるので、重い荷物になるのを覚悟で思いきって持ち帰ったのであった。

……というか帰ってきて初めて気付いたんだけど、この家そのもの――外装や建材のみならず家具や家電に至るまでのすべてに対し、僕は無意識に『不滅』の特性を付与してるっぽいんだよね。家の老朽化とか、冷蔵庫や洗濯機の故障とか、そういうトラブルはこの先おそらくないと思う。

こんなんありかよと我ながら思うが、まあ人里離れた森の中、環境がハードモードなんだしこのくらいのチートは許してもらおう。

で、チートといえば、明けた次の日。

僕らはそれを十全に発揮した作業を行うこととなった。

†

『これからやるべきことリスト』を作成し、優先順位順にソートしてみたが、まず最初に手をつけるべきはポチのための快適な居住環境であろう。

甲亜竜(タラスク)のポチはショコラと違い、家の中には入れない。なにより草食動物であるので食べるものが僕らとはまったく違う。

屋根もない庭で寝させるのは――昨夜はショコラがついていてくれたが――申し訳ないし、

昨日みたいに森の中を連れ回して草を食べてもらうのもそのうち限界が来るだろう。

「つまりは牧場を造ります！」

「ん」

「そうね」

「わおーん！」

「きゅる？」

家の裏手。

昨日、母さんがある程度の開拓をしてくれて、今は切り株だらけの広場になっているその場所に、一家が集まっていた。

「最終目標としては今の十倍くらいの広さを確保したいんだ」

感覚としては、サッカーのグラウンド程度か。

「その全面を牧草地にして、四分割。区画ごとに季節をずらしながら牧草を育てていこうと思う。そうすることでポチのご飯が継続的に確保できるはず」

「ん」

「いいわね！」

「わうっ！」

「きゅるる！」

牧草の種はシデラから山ほど持ち帰っている。一年を通して生育可能で、冬でも枯れることのない品種だそうだ。

「とはいえ一気に全区画を伐採しちゃうと大量の木をどうするんだって話になるので、何回かに分けてやっていきます。僕が木を伐採、根切りしていくから、母さんは地面を掘り返して全体を均してくれる？」

「わかったわ。頑張っちゃうから」

そう言って掲げた腕に巨大な氷の爪を纏う母さん。あれが鍬代わりらしい。爪の形状はショベルカーみたいだけど。

「ショコラは僕が倒した木の枝を切ってね。がぶっとやってざくっといっちゃえ」

「わおんっ!!」

元気よく吠えるショコラ。前にもやってくれた作業だから信頼できる。枝から変な虫が出てきても口に入れちゃいけませんよ。

「カレンは木材の乾燥をお願い。ポチの家に使う分はできるだけ完璧にやって欲しいけど、残りはすぐ使うものじゃないから軽くでいいからね」

「ん、了解」

頷いたカレンの周囲に、ふわりと風がざわめく。僕の名前と同じ色の――翠の瞳がきらりと光った気がした。

「ポチは僕が倒した木やショコラが切り落とした木っ端とかを運んでもらおうか」

「きゅるるるん！」

　荷台に繋がったハーネスを装着したポチも楽しげに喉を震わせる。それにしてもこの子の鳴き声かわいいな。たぶん怒ったらもう少し野太い声で吠えたりするんだろうけど、怒るような出来事がないからな……。

「じゃあ、作業をはじめます！」

　僕は胸の前でぱーんと手を叩いて気合いを入れる。

　日本なら重機を使ってのたいへんな作業だけど、この世界には魔導があり、僕らには豊富な魔力と強力な魔術がある。生活を便利にするためなんだから、大いに活用させてもらおう。

†

「おりゃっ！」

　魔剣リディルを振るえば豆腐みたいに樹の幹は両断される。倒れる方向にだけは気を遣いつつ、切り株も同様にざくざく刺しては根切りする。

「どんどんいくわよお」

　母さんが氷のショベルをすいすいと操作し、切り株を掘り返す。門の前で解体場を造った時は抜根穴を埋めなきゃならなかったけど、今回は穴ごと地面を攪拌して均す作業だ。予定地すべてを牧草が植えられるような、ふんわりした土にしていく。

途中で出てきた大きな石などはもちろん選り分けて荷車へ。これらも後で使えることがあるかもしれないので、一応、庭の片隅に積んでおく。

「わうっ！」

ショコラが首をくいくいと動かすたび、倒木の枝がばさばさと落ちていく。

口の周りがわずかに発光しているのが最近、僕にもわかるようになってきた。魔力の刃を纏わせているのだ――父さんのプレゼントしたネックレスが触媒になっているお陰か、前よりも勢いと切れ味があるように思えた。

「こら、虫を口に入れちゃいけませんってば！　……もしかして美味しいの？　それ」

「わう？」

なんか芋虫みたいなやつなんだけど、毒じゃないならまあいいか……？

「ん、じゃあこれ持っていくから。さ、ポチがんばって」

「きゅるるぅ！」

カレンが木と枝をまとめてひょいっと持ち上げ、荷車に放り込む。ポチの肩をぽんぽんと叩くと、一緒に庭へ向かっていく。

――たぶん側から見たら、めちゃくちゃ異様な光景だろう。

さくさく木を切り倒していく僕、地面をほいほい掘り返していく母さん、ざんざん枝を噛み切っていくショコラ、自分の背丈より高い木々をぽいぽい荷車に放り込むカレン、そしてそれをぐいぐい運んでいくポチ。

身体強化をフルに使い高速に強力に、そして疲れ知らずに働くハタノ一家たち。そんな僕らに、あれよあれよと切り拓かれていく『虚の森』。

身体はまったくつらくなく負担もないので、作業を進めながらこの先のことを考える。

四分の一くらいを整地できたら、次からはそこを資材置き場にしよう。でもって次の四分の一は、さっそく牧草の種蒔きだ。上手くいけばふた月くらいで充分に繁茂してくれるらしい。種蒔きの時期をずらしつつ、余剰分を干し草なんかにもして、ポチが好きなだけ食べられるように早くなって欲しいな。

切り倒した木々で、厩舎も建ててやらなきゃならない。父さんが書斎に用意してくれた本がめちゃくちゃ役立ってくれそうだ。昨夜ざっと漁ってみたけど、建築の入門書には簡単な小屋の構造なんかが載ってあったし、木材のどの部分をどう加工してどんな材木にするのかとかも詳しく書いてあった。ありがとう父さん、こういう気遣いはさすが異世界転移経験者なだけある。これに免じて調理器具に関しては目をつむるよ?

厩舎、どんな感じにしようかな。

なんとなくイメージはあるにせよ、ちゃんと設計図を引かないとえらいことになりそうだ。

もちろんそんな凝ったものを建てられるわけはないから、出入り口の大きくなった丸太小屋、みたいな感じにはなっちゃうけど。

「ねえ、スイくん」

思案しながら根っこを崩していると、背後から母さんが問うてきた。

「ん、なに？」

「むかし……ネルテップにこの家があった頃、覚えてる？　家の周りのこととか」

「ぼんやりと。確か、なにもない原っぱだったよね」

「そうよ。あの時はね、街が近くにあったから不便はしてなかったし、もちろん楽しく過ごしてたけど……今のこの暮らしも、お母さん、楽しいって思うわ」

身体を動かしてわずかに上がった体温に、母さんの纏った冷気が心地いい。

僕は母さんへ応える。

「この家って元々、日本じゃ山の中にあったんだ。あのなにもない田舎がきっと、父さんの生まれ育った場所だったんだろうな。だからさ、たぶん。母さんと出会う前の父さんも……山の中で、こんなふうに木を切ったりしてたんじゃないかな」

チートがない中じゃ、規模は全然違うけれど。

でも、僕のその言葉に、母さんは嬉しげに笑う。

「そっか。じゃあ、楽しいのも当たり前ね」

「だね」

5

開墾作業は、五日という凄まじいスピードで終わった。

いま我が家の裏手にはサッカー場ほどの広さをした空き地ができており、その光景は圧巻だ。日本人的な感覚だと、原生林を切り拓いてしまったことにちょっと罪悪感もあるのだが——大自然を相手にそれはたぶん傲慢というものなんだろう。僕らは生きるために自然と相対しているのであって、自然を守るために生きているんじゃないんだから。

「相対的に水場が近くになったのもよかったな」

家から歩いて五分ほどの場所にある川は、方向的には裏手側となる。僕らがよく魚を獲りに行っている川だ。牧場（予定地）を造ったことで、その川は『歩いて五分ほど』から『牧場のすぐそば』となった。

もちろん家の蛇口を上げれば水は出るし庭には井戸だってあるが、気軽に使える水場が増えるというのはそれだけで利便さが向上する。

なお、ちょいちょい魚を獲ってはいるものの、まだ『釣れた』ことはない。せっかく街でちゃんとした竿と釣り針を手に入れたというのに、僕の垂らす糸はうんともすんとも言わず、もっぱらショコラがざぶんと飛び込んでぽんぽんと魚を打ち上げてくれるのに頼りっきりだ。ちくしょう……。

既舎——ポチの寝る場所も、めでたく完成した。

基本的には出入り口を大きく開いた丸太小屋だ。ポチの巨きな身体がゆったりできる広さを誇り、寝床に加えて飼い葉を積んでおけるスペースもきちんと確保している。雨漏りもなく通気性もいい。

出入り口にはシャッターを付けた。細長い板を簀みたいに連結させて紐で繋いだ原始的なもの。街で仕入れた既製品のクランクを使って上げ下ろしできるようにしてある。今は上げっぱなしだが寒い日なんかはこれで風を遮断できるはず。

とにかく大変だったが、父さんが書斎に用意してくれていたＤＩＹの入門本を参考に試行錯誤を重ね、強度と耐久性は僕の魔術で補完した結果——『ちょっとやそっとじゃびくともしない素人建築』という不思議な仕上がりになってしまった。

でもポチも気に入ってくれたようだし、僕らも満足だ。

あとは冬になるまでに干し草を敷き詰めてポチの布団にしたい。とはいえ今は春だし、牧草がちゃんと生育すればそれでＯＫなので心配はいらないだろう。

なおショコラはポチと一緒にそっちで寝るようになった。僕よりもポチの方が、より手のかかる存在だと思ったみたい。少し寂しいけど、スイはもう大丈夫だよね、って思ってもらえたようで嬉しくもある。

「でも外で寝起きするようになった分、汚れるのが早いんだよね。シャンプーの回数は増やさなきゃ」

「わうっ!?」

そうそう、裏手だけじゃなくて正門側——解体場もだいぶ整った。

大工道具のおかげでしっかりした解体台ができたし、ハンガーフックに至ってはユニットそのものが手に入ったのだ。少なくとも獲物を捌く際に置き場や体勢を工夫しなきゃいけない事態はかなり減った。

欲を言えば水周りの整備がしたい。

母さんとカレンが水の魔術を使えるから、獲物の血を洗い流すのは今のところそれで事足りてはいる。ただ僕がひとりでやろうとすると、畑の横にある井戸へいちいち汲みに行かなければならないのだ。

それに洗い流した血の処理だ。今は溝を作ってゴミ捨て場——という名の穴——にそのままインしているが、土壌的にも気持ち的にも、あと魔力的にもたぶんよくないと思う。以前、ジ・リズが「浄化だ」みたいなこと言って自分の血を注いでくれたけど、ひょっとしたらあれ、すごく重要なやつだったのでは……?

「井戸を掘って、あとは木で水路を造って、川まで引く……？　でもそれだと、川を汚すことにならないかな。おまけに川は反対側にあって遠いし」

ひとりぶつくさとつぶやいてしまう程度には、目下の問題であった。

庭に腰を下ろして脚を伸ばし、わしゃわしゃとショコラを撫でながら空を見上げる。

「森で暮らすのって、やっぱり細かいところで不便が出てはくるよね」

「わう？」

母さんとカレンは狩り。ポチは庭の片隅でお昼寝中。

僕は畑仕事を終えてぼんやりしていた。

「よく晴れてるな。気温も過ごしやすいし。季節が変わったらどうなるんだろ」

「くぅーん。くー……」

手持ち無沙汰に任せてショコラのもふもふを堪能(たんのう)する。

喉から頰、それから頭、背中をがしがし搔いた後はひっくり返してお腹をなでなで。はっはっはっ……とショコラが舌を出して力を抜き、気持ちよさそうにする。

そのまま一緒に寝転がり、更なる追撃。

カレンもショコラを堕落させるのが上手いけど、僕にだって一日の長があるのだ。ショコラが四肢をだらりと広げ、目を細めてトロ顔にキマっていく。

くくく……逃れられると思うなよ……！

「よーしよしよしよしよしよしよし」

「くうう……きゅー……」

ショコラがカエルの轢死体がごときありさまと成り果てかけた時、僕の懐がぶるりと震えた。

「ん？」

スマホのマナーモードによく似た、けれどあれよりも原始的な、遠慮のない振動。通信水晶だ。

ショコラを堕落させるのを中断し、横になったまま取り出す。

水晶、と呼ばれてはいるが、実際は四角い半透明の板である。輪郭だけを見ればそれこそスマホによく似ている。違うのは後ろまで透けていること、長文の送受信機能がないこと、アドレスの登録先が三つしかないこと。それと、送受信にそこそこのタイムラグがあることだ。

アドレスの登録数が三つというのはやはり地球と比べるとだいぶ不便で、仕方なく僕はふたつ持ちとなっていた。ひとつは家族用、もうひとつは友人知人用。いま振動しているのは、友人知人用――発信元はノビィウームさん。

鉄の調達ができたって連絡かな。

そんなことを思いながら、魔力を込めてメッセージを表示させる。

その文字列に――僕は、目を見開いた。

『ベルデ　小隊　中層　通信途絶　安否不明』

「……っ！」


思わず跳ね起きた。

どういうことだ。文字を何度も確認する。

推測の余地はあっても、誤読のしようはない。

「ベルデさん……小隊を率いて森に行った？　シュナイさんも一緒かもしれない。中層で通信が途絶している。つまり」

彼らに、なにかが起きたということ。

通信水晶（クリスタル）を操作してノビィウームさんに質問を返す。

『日時　人数』

待つこと数分。その間、家族用の方で母さんとカレンに『急ぎ　帰還』との連絡も送る。先に返答があったのはノビィウームさんの方だった。

『出発　三　人　十六　途絶　昨夜』

三日前に十六人で出発。

昨夜から通信に返答がない状態――。

背中を嫌な汗が伝う。

「……落ち着け」

情報を整理しよう。

まず、ベルデさんが森の中層部へ行くのは彼の仕事で——いつものこと、のはずだ。比較的大人数の小隊を率いての探索は持ち帰れる資源の量も多いことから成果が大きく、リーダーとして仲間を死なせたことがないのが自慢だと言っていた。

ただ森の探索は、僕らが家に帰る際に一時中断してもらっている。蜥車(せきしゃ)の行軍が森を騒がせるだろうからだ。その影響と危険性を鑑みて、最低でもひと月は立ち入りを禁止して欲しいと母さんがお願いした。

僕らがシデラを出発したのは二十一、二日前か？

ぎりぎりといえばぎりぎりだが、まだひと月は経っていない。

「ベルデさんが約束を破るとは思えない……だから、なにかのっぴきならない事情があって森に入ったんだ」

ノビィウームさんに再度の問いを送る。

『森　入った　理由』

返答——、

『冒険者　新人　規則違反　捜索』

「ああ……」

僕は思わず、呻(うめ)き声をあげる。

きっと、ベルデさんは最後まで迷っただろう。

規則違反をした新人を助けに行くか、それとも見捨てるか。

母さんの言いつけを守るか、それとも破るか。

救助に行くならひとりじゃダメだ。小隊を組まないといけない。

だけど大人数での救助活動で、ミイラ取りがミイラになる可能性もある。

だったら自業自得だと見捨てるか？　それはきっと最適解ではあるんだろう。冒険者なんて自己責任が服を着て歩いているような職業だろうし、しかも規則破りという身勝手した奴らを、大勢の命を危険に晒してまで助けに行く義理はない。

「っ……それが、できるような人かよ……！」

きっと迷っただろう。悩んだだろう。

でも、あの人は、ベルデさんは。

むかし、父さんに助けられたんだ。

父さんを付け狙うなんていう身勝手なことをした自分を、助けてもらったんだ――。

「どうしたの、スイくん！　なにかあった!?」

拳を握りしめる僕の背に、帰宅した母さんの慌てた声がかかる。

足音はふたつ。カレンも一緒に帰ってきてくれたようだ。

だから僕は大きく深呼吸し、つとめて気を落ち着けると、振り返ってふたりに言った。

「ベルデさんを助けに行きたい。……ジ・リズを呼んでほしい」

インタールード　神威の煮凝り『虚の森』中層部

なにもかもが悪かった。

選択も、行動も、そして運も。

ただそれでも、誰かのせいにすることはできない。

救助へ行く選択をしたのは自分だ。進路（ルート）を決定したのも自分だ。そして自分たちを包囲するこいつらを見るに――やはりこれは、己の運命なのかもしれない。

『虚の森』、中層部。木々が繁（しげ）る薄暗い最中（さなか）にあって方陣を組んだ冒険者たちは、周囲をおぞましい気配に取り囲まれている。

ベルデ＝ジャングラーはその中心で、表向きは泰然と、内心では苦々しさを抑え込んでいた。

「……すんません、大将」

救助隊のひとり――まだ若い冒険者がぎりぎりと歯咬（はが）みする。

「俺のわがままで、こんな」

「お前のせいじゃねえって言ってんだろうが。最終的に決めたのは、俺だ」

その冒険者は、腕の中に少女を抱いている。目を閉じてぐったりし、けれどかすかに呼吸はしており死んではいない。極度の憔悴（しょうすい）に意識が混濁しているだけだ。

「それに、よかったじゃねえか。お前の妹は助かった……他の馬鹿野郎どもも、一応はな。あとは俺たちがまとめて助かるだけだ」

もちろん方便である。このまま順当にいけば、自分たちに待っているのは正反対の結果。つまり、全滅だ。だが自分が折れてしまえばただ全滅は早まるだけ。

「ごめんなさい……ごめんなさい……ごめんなさい」

ベルデの斜め前で縮こまる少年が頭を抱えながらぶつぶつとつぶやく。

「俺のせいで……終わる、終わっちまう」

「終わりゃしねえよ」

ベルデは少年の頭をぐりぐりと押さえた。

彼はこの騒動を起こした当人——冒険者組合（ギルド）の禁を破り森へ入った集団（パーティー）の頭分（リーダー）である。

戦犯として捨て置かれてもよさそうな彼はしかし、ベルデにとって他人には思えなかった。

在りし日の自分がどうしても重なってしまう。

もちろんシデラに戻れば重い罰はあるだろう、が、その罰を受けさせてやることがベルデの責務だ。森の魔物に食われるのは決して、ギルドの望む罰ではない。

――ことの発端は、五日前に遡る。

†

ある四人組の冒険者パーティーが、ギルドの出した禁止令を破り森の中へ入っていった。

禁止令は、『天鈴の魔女』ヴィオレが直々に要請したものだ。一家が居を構える深奥部へと帰還するに際し、森が荒れる可能性がある。深奥部近くにいる魔物たちが縄張りを追われる形で中層部付近にまで逃げてくるかもしれない。故に、森が落ち着くまでは冒険者の出入りを禁じた方がいい――支部長クリシェと協議の結果、期間はひと月と決まった。

その間、冒険者たちには補償手当も出るとのことで、反対する者など誰もいなかった。むしろ降って湧いた特別休暇に、街全体が浮かれていた。

それがいけなかったのだろうか。

件（くだん）の彼らは山っ気を出した。あるいは、森を舐めた。

今なら素材を取り放題だと、パーティーのリーダーが言い始めたらしい。ちんけな薬草を摘み、せいぜいが猪を狩って帰るばかりだった自分たちに巡ってきた好機だと。

無論、反対する者もいた。まだ十代前半、パーティー内で最も若かった娘だ。彼女は二級冒険者の兄から森の恐（こわ）さを厭（いや）というほど聞かされていたし、なにより慎重な性格をしていた。けれど慎重さの裏返しとして気弱な部分があり、最終的に『仲間意識』という名の圧力に負け、結果、ともに禁令を破ることとなる。

そして報いは、当然のようにやってきた。

彼らは調子に乗り、ずんずんと森の中を進み、浅層部の終わり近くで、そいつらと出くわしたのだ。

討伐等級、三。

四級冒険者の彼らにとっては、パーティーで挑めば一頭を倒せるであろう強さだ。そして四級冒険者として、そいつの素材はかなりの実入りとなる。

だから深追いした。結果、更に森の奥へ。

しかしそいつは単体（『そいつ』）ではなく、群れ（『そいつら』）だった。

分け入った先、気が付いたら囲まれていた。群れの場合、討伐等級は二、ないし三段階上がる。野獣が二、魔物が三だ。

つまりこの時点で、一級冒険者が複数で対処するような事案となった。四級冒険者のパーティーが出会っていい相手ではない。

彼らは恐慌に陥った。闇雲に逃げ、しかし逃げたつもりが追い立てられていた。方角はとうに見失い、退（さ）がったつもりで進んでいた。もはや浅層部を越えて中層部に差し掛かっていることに気付いた頃にはもう、森に入って二日が経っていた。

彼らを取り囲むのは、馬の魔物だ。

青紫色をした皮膚、筋骨隆々とした強靭(きょうじん)な体躯、濁った泥のような色の鬣(たてがみ)、そして頭部から生える、二本の角。

名を、二角獣(バイコーン)という。

†

「しかしよりによってバイコーンたあ、大将も運がねえな」

ベルデの傍(そば)でつとめて軽口を叩くのは、シュナイである。

酒飲み仲間であり、優れた斥候であり、森の探索においても常に同行してくれる頼もしい相棒だ。

軽口とはいえ、シュナイの言葉は正しい。

何故ならあの日――若かりし頃のベルデがカズテルを逆恨みし、とっちめてやろうと後を付けた際に――運悪く出くわしたのが、他ならないバイコーンの群れだったのだから。

「は。我ながらこいつらとはよくよく縁があるようだ」

「どうせ縁を結ぶなら、こんな性悪とじゃなくて気のいい娘さんがよかったよなあ」

シュナイがぼやくように、バイコーンというのは極めてタチが悪い。

純潔を愛する一角獣(ユニコーン)の対極にあって『猥褻(わいせつ)を愛する』と古くから称されてきたこいつの正体は、執拗(しつよう)な屍肉食性動物(スカベンジャー)である。

彼らは生きた肉を食わず、死体にしか興味がない。単体であれば他の獣が食い残した肉を掻(か)っ攫(さら)ったりもするのだろうが、問題は群れている時である。

バイコーンの群れは、屍肉喰(しにくぐ)いのくせに狩りをするのだ。

その方法は、今まさにベルデたちが直面している通り。

逃げられないように取り囲み、じわじわといたぶりながら、相手が死ぬのを待つ。とびきり陰湿で、腹立たしいほどに我慢強く、厭になるほど残酷な方法である。

包囲を破ろうとする者がいればその二本の角で引っ掛けるようにしゃくり上げ、再び包囲の中に放る。その際は死なない程度に、かつ死期が早まる程度に傷を付けておくことを忘れない。水属性の魔力を持っており持久力が高く、仲間が殺されてもまるで動じず包囲を解かない冷徹さもある。更には夜目も利き、昼夜を問わず獲物を監視し続ける——。

おそらく、ベルデたち救助隊が合流できたのもこいつらの謀略だろう。四人ぽっちを囲っていたら十六人もの新しい獲物が来たので嬉々として誘導し、追加したのだ。

幸いなことにまだ死者は出ていないが、皮肉なことにそれもまたバイコーンの習性によるものでしかない。奴らは決して獲物を自らの手で殺さない。ベルデたちは幾度も突破を試み、数頭を仕留めはしたが、この窮地を脱することができずにいる。

それでも『虚の森』でさえなければ、どうにかはなったのかもしれない。

こちらにはベルデを含め、三名の一級冒険者がいる。普通のバイコーンならまだ、突破できる可能性はあっただろう。

だがここは『神威の煮凝り』だ。

棲息（せいそく）する獣どもはどれも、他の場所より強い魔力を持っている。同種であっても体格と膂力（りょりょく）に優れ、総じて手強（てごわ）い。

おまけにこの群れに限っては、

「ち、あいつ……また見てやがんな」

茂みの奥、ベルデたちを包囲する群れの一角。

青鈍色（あおにびいろ）に光る双角と、角の間をばちばちと踊る雷火が、薄暗がりを照らす。不気味な瞳は仄（ほの）かに赤く、鬣の代わりに頭部から生えるのは、細かい針のような坩堝水晶（クリスタル）。

水属性から変異を起こし雷を操るようになったそいつは、群れの長としてバイコーンどもを巧みに指揮し、ベルデたちを追い込んでいた。

「……よりによって変異種が率いてるとはなあ」

通常では群れを成す生物であっても、変異種となれば生態そのものが異常化し、魔力坩堝（るつぼ）を根城に単体で生活し始める場合が多い。

だが、こいつはそうならなかった。魔力坩堝を離れて——あるいは群れの仲間をそこに迎え入れて——統率者として、従来通りの狩りを行っている。

リーダーが変異種である時点で、ベルデたちの生存は絶望的だ。

そもそも変異種とは討伐するものではない。出会ってはいけないものであり、出会わぬよう最善を尽くすものだ。もしも出会ってしまったらすべてを放り捨ててでも逃げ、その場所を禁足地としてしばらく立ち入らないようにする——それが、ギルドの定めた変異種への対策である。

シデラに根付いてからこっち、ベルデが変異種を目にしたのは二度。いずれも遠くからだが、坩堝水晶が生えているのを確認するや一目散に逃げた。

そしてこれは三度めで、逃げられそうにはない。

「……通信水晶はどうだ？」

「ダメだ。うんともすんとも言わねえ。やっぱ変異種の魔力で波長が乱されてんだ」

「通信が途絶してるのはギルドも把握してるはずだ。救援、来てくれっかな」

「……俺たちより強い奴が、シデラにいるか？」

「いねえな」

シュナイと顔を寄せ合い、ぼそぼそ会話する。小声なのは士気が下がらぬようにだが、体力を消耗したくないというのもあった。いざとなれば自分がどうにかして血路を開くしかない、そう密かに決意していた。

——俺ひとりの命で済めばいいが、果たしてどうだろうか。

命を捨てる覚悟を秘めて思い出すのは恩人のこと、そしてその息子のことだ。自分は結局、あの人のようにはなれなかった。だけど少なくともあの世で会った時、胸を張れるくらいにはなれただろうか。あんたの息子は立派に育ってたぜと報告したら、喜んでくれるだろうか。

「おい」

益体もないことを考えているベルデの袖を、不意にシュナイが引いた。

「どうした？」

「……あれ」

シュナイの視線は森の奥ではなく、真上を向いている。

ぽかんと間抜けに口を開け、上空——木々の隙間から覗く青空を凝視していた。

ベルデも視線を上げる。


——陽光を、竜の影が遮った。

第四章 ✵ 明けない、素敵な夜

1

母さんに、ことの経緯（いきさつ）を話した。
ノビィウームさんから通信水晶（クリスタル）で連絡が来たこと。
ベルデさんが森にいて、連絡がつかない状態にあること。
危機に陥っているのならば、助けに行きたいということ――。
母さんは黙って僕の言葉を聞いていた。
そうして聞き終えると真摯な表情で僕のことをまっすぐに見て、言う。
「……覚悟は、できているの？」

僕は刹那、息を呑んだ。

母さんの表情はいつもと違っていた。

僕らに見せる母親としての顔ではない。父さんのことを話す時の妻としての顔でもない。

相手のすべてを見透かすように冷徹で、慈悲や優しさを微塵も感じさせないほどに鋭利で、ただそこにある現実のみを凄然と直視する——たぶんこれは『天鈴の魔女』としての顔だ。

母さんは、いや。

ヴィオレ＝ミュカレ＝ハタノは、問う。

「通信が途絶しているというのは、そういうことよ。全滅の可能性は充分にある。仮に生存者がいても、ごく少数かもしれない。あなたが仲良くなったベルデやシュナイは既にこの世にいなくて、禁を破って森へ分け入った愚か者だけが生きている。そんな場合もあるでしょう」

「……うん」

「死体の山に直面するかもしれないわ。人間の死体を見たことがある？　獣に喰われた、ぐちゃぐちゃになったものを、よ。損壊した肉の塊に、知人の顔が張り付いている……そんな光景を、想像できる？」

「実際に見たことはないよ。想像も上手くできない。見る覚悟も……正直、できていないと思う」

『天鈴の魔女』はそれを聞いて、母さんの顔に戻った。

「ねえ、スイくん。私に……お母さんに任せることもできるわ」

こっちへ歩み寄り、手を伸ばし頬に添え、微笑みながら。

「お母さんがひとりで行ってくればそれで済むことよ。助けられる限りの人を助けて、シデラに送り届けましょう。そうしてスイくんには、あとで結果だけを教えてあげる。スイくんはここで待っているだけでいい。……どうかしら？」

どこまでも優しい、僕の心と気持ちを案じた、僕にとって最も楽な道。

だけどその菫色(すみれいろ)をした瞳は、返答を待っていて。

「ありがとう、母さん……でも」

だから——頬を撫でる母さんの手に、自分の掌を置く。

「これは、僕がやらなきゃダメなことだと思う。僕が自分の目で見て確かめて、自分の手を伸ばして、自分のやれる全力を尽くさないといけないことだと思う」

「わかったわ」

母さんが、僕を抱き締めた。

まるで僕がそう答えるのを、最初からわかっていたかのように。

「行ってきなさい。お母さんは連絡役としてお留守番します。カレン、ジ・リズを呼んでくれる？」

「ん、もう呼んだ」

カレンは手元の通信水晶（クリスタル）を掲げながら笑った。

「だいじょぶ。スイならできる。行ってらっしゃい」

「ありがとう、ふたりとも……ショコラ！」

「がうっ！」

ショコラは既に身構えていて、足元で短く吠える。

僕は腰に佩（は）いた剣の柄を撫で、それから拳で掌を打った。


母さんはああ言ったけど、僕は信じている。

ベルデさんはそう簡単に死ぬような人じゃない、って。

†

そしてそれから、二時間ほどの後。

僕とショコラは飛翔（ひしょう）する竜の背中にあって、緑に染まった大地を見下ろしていた。

「ジ・リズ、もう少し南……あの小さな湖と、草原の中間くらい」

僕は見えない糸を手繰るように感覚を集中させながら、背の上から指示を出す。

精神はかつてないほどに研ぎ澄まされていた。身体の中にある奔流——今までは漠然とした輪郭しか摑めていなかった自分の魔力が、細部まではっきりと把握できる。どんなふうに動いているのか、どんなふうに巡っているのか、それをどんなふうに操れば、どんな結果をもたらすことができるのか。

それは闇属性の時空魔術による因果探査。

ベルデさんの魔力波長を思い出す。どこで出会ったのか、どこで別れたのか、そして次はどこで出会うのか。無数に分かれた未来から『ベルデさんを捜し当てた』という結果を摑み取り、因果を逆に辿ってその位置を割り当てる。もしベルデさんが既に死んでいたのならこの魔術は発動できない。

だから、希望はある。

彼は、少なくとも生きている。

「いいのか、スイ？」

ジ・リズさんは叫ぶように僕へ問うた。

「うん。ポイントの上空に差し掛かったら、防護魔術を解いて。僕らが飛び降りた後、ジ・リズはさっき言った通り……もう一回、家にお願い」

カレンに救難物質の準備をしてもらっている。傷薬や包帯、食料など、とりあえず必要と思われるものをだ。ジ・リズには悪いけれどこのまま往復して、物資を持ったカレンを運んでもらう手筈になっていた。

「かははは！　まったくたいしたもんだ。竜族（われら）も、天鈴殿のような強い魔力であれば探ることはできるが……。正直、いま眼下にいても人か獣かの区別も付かんよ。かようにか細い魔力（もの）を、遠く離れた場所から手繰る……カズテル殿もそんな芸当できなかったぞ」

愉快げに笑うジ・リズ。

僕が生まれ持ったこの魔導がどの程度のものなのかは正直、まだよくわからない。

みんなはすごいすごいと言うけれど、日本で育ったせいで異世界（こっち）の定規（ものさし）を持ち合わせていないせいだ。

ただ、確実なことがひとつだけある。

「ジ・リズ。……僕は、父さんにできなかったことをしたいんじゃないよ。父さんがしていたことをできるようになりたいわけでもない」

立ち上がりながらショコラの背をわしゃわしゃと撫で、森に視線を定め、

「僕は、僕に――スイ＝ハタノにできることをやるんだ」

宣言する。

ややあって、ジ・リズは静かな声で告げた。

「……非礼を詫びよう、我が友よ。そして安心して行け。すぐにカレンを連れて戻ってくる。儂もまた、友のために儂ができることをやろう」

「ありがとう」

ジ・リズの魔力がゆらめき、風の防護壁が解かれる。シデラへ赴いた時より速度も高度も低いが、それでも激しい風が身体を叩きつけてくる。

「行ってくる」

「わう！」

僕らは降下地点を定めると最大限に身体強化をかけ、竜の背から飛び降りた。

2

スイとショコラを乗せた竜族（ドラゴン）が庭を発（た）って後。

その姿が木々に隠れて見えなくなってから、カレンは義母――ヴィオレに尋ねる。

「よかったの？」

母（ヴィオレ）が息子（スイ）をひとりで行かせたことは、カレンにとって意外だった。

もちろん、ショコラが一緒ではある。だがあの子はやっぱり犬なので、待ち受けているかもしれない残酷な光景からスイを守ってはやれない。そしてその――残酷な光景が待っている可能性は決して低くないと、カレンは思っていた。

通信が途絶したのが昨夜。通信水晶（クリスタル）が事故で壊れたか、あるいは変異種と出くわしたか。前者ならばまだいい。だが、後者であれば。

せっかくこの世界に戻ってきてくれたのに、悲劇をわざわざ見せる必要はない。

スイが暮らしていたニホンは、争いのほとんどない平和な国だったという。きっと慣れてはいないだろう。なら、こっちに溢れてありふれているもの——理不尽な死と別れから、優しく遠ざけてやってもいいのではないか。

父を喪ったばかりなのだから、なおさらに。

ヴィオレはカレンの問いへ、溜息交じりに微笑んだ。

「むかし、あなたたちがまだちっちゃかった頃ね。あの人に言われたことがあるの」

「おじさまに？」

「あの頃……私はあなたたちを、大切に育てようと必死になってた。大切にしたい、大切にしなきゃって強く思って、過保護になってた。そしたらね、お父さんから叱られたのよ。『大切にするのと、甘やかすのは違う』って」

「たいせつにする、のと……あまやかす」

「ええ。それをね、思い出したわ」

ジ・リズが飛び去った空を目で追いながら、ヴィオレは続ける。

「あの子がつらい思いをするかもしれないって考えると、いてもたってもいられないけど……でも、スイくんはもう、私の記憶にあるちっちゃな子供じゃないのよね。立派なひとりの大人。だからお母さんの役目は、甘やかして守ることじゃなくて、いってらっしゃいって送り出すこと。あの子の想いと選択を、大切にすること」

「ん、わかった。じゃあ私も、準備をするね」

「ええ。あなたも同じよ、カレン。立派なひとりの大人として、やるべきことをやりなさい。お母さんがちゃんと、家で待ってるから」

ヴィオレはカレンの頭を撫で、その髪に口付けをする。

だからカレンは目を閉じてその愛情を受け止めた後、支援物資を準備すべく家の中に駆けていった。

†

飛び降りたのはたぶん二十メートルくらいの高さからで、でも特に怖いとは思わなかった。身体強化に慣れてきたからか、普通にいけるな、という感覚があった。

着地の際もあまり大きな音をたてず、しゅたっといけたと思う。

「ベルデさん！　ああ、シュナイさんも……無事ですか」

すぐに周囲を見渡すと、呆然とこっちを見ている知己の顔。よかった。ふたりとも、薄汚れてはいるけど目立った怪我(けが)はない。

他にも冒険者たちが、陣形を組んでいるのか四角形にまとまって——二十人くらい。意識を失っているらしき人や、血をべっとりと手足にこびりつかせている人もいる。

息を呑み、呼吸を整えながら尋いた。

「怪我人の、傷の具合は？　あと、その……亡くなった方がいたりはしますか」

「い……いや、大丈夫だ」

答えたのはシュナイさん。ベルデさんはなんだかぼんやりと——呆然と？　している。

「命に関わるような負傷をしたのはまだいねえ。死人も出てない」

「よかった……」

深く息を吐く。心に澱んでいた重いものが一気に抜けていった。

「この状況がなんとかなれば全員が無事に帰れる。その認識で合ってますか？」

「いや、合ってはいる、けどよ……」

シュナイさんは苦々しげな表情を崩さない。それに見渡すと、冒険者の皆さんも一様に暗い顔をしている。え、なにこの雰囲気。誰も死んでないんだよね？　それとも僕、なんか空気読めないこと言った？

「来てくれたのは嬉しい。感謝してる、スイ。だけど、その……お前ひとりか」

「いえ、ショコラもいますよ」

「わうっ！」

僕と一緒に華麗な着地を決めたショコラは、名を呼ばれて元気よく吠えた。そんなショコラのかわいさも、場の空気をやわらげてくれなかったらしい。

皆さんがぼそぼそと交わす会話が、身体強化で鋭敏になった聴覚に届いてくる。

「竜族(ドラゴン)が助けてくれるかと思ってたのに」とか「どっか飛んで行っちまった」とか「あの坊主、状況わかってないぞ」とか「誰か教えてやれ」とか。あ、もしかしてこれ……。

「お前ら、ちょっと黙ってろ！」

ぽかんとしてこっちを見ているだけだったベルデさんが、ようやく我に返り——一同を短く叱咤(しった)した。そうして僕に向き直り、視線を合わせて言う。

「二角獣(バイコーン)の群れだ。囲まれてる。こいつらの性格は知ってるか？」

「この前、喫茶店で軽く聞いただけです。しつこいんでしたっけ？」

「見ての通り、変異種が率いてやがる」

「そうみたいですね。あのバリバリいわせてるやつか」

「スイ……やれるのか？」

僕は返答の代わりに、足元の相棒に号令をかけた。

「ショコラ」

「わおんっ!!」

森の薄暗がりの中、ショコラは身を屈めて土を蹴り疾駆する。牙に光の魔力を纏い、それを一条の尾引(おび)く軌跡として、群れの一匹へと突進。

斬(ザン)——鈍くも鋭い切断音。

反(たん)——樹を蹴って突進の勢いを止め、そのまま再び僕のところへ。

そして——。

暗がりの向こう、角の生えた馬が一頭、くずおれる音と。

切断の勢いで宙を舞った首が、くるくる回転しながら地面へ落ちる音。

二本角(にほんづの)が土に刺さり、悪趣味なオブジェみたいになってしまった。ショコラははっはっはっと舌を出してこっちを見上げてくる。もちろん疲れているわけではない。これは褒めてくれという催促、つまりドヤ顔である。

「よしよしよし」

「くぅーん」

頭をわしゃわしゃと撫んでやると尻尾がぶんぶんぶん。返り血の一滴もついてないのすごいよね。

僕は立ち上がり、ベルデさんに向き直って笑う。

それから、

「うちのショコラは見ての通りです。正直、僕はそんなに強くないと思いますし、そこまで強くなくてもいいかなとも。ただ……」

さっきのベルデさんが感染したのか、揃ってぽかんとしている冒険者の皆さんの顔を順番に見て──。

剣を抜いた。

魔剣リディル。父さんから受け継いだ、ノビィウームさんのお師匠さまとの絆の証。ふたりの想いが宿るその刃を変異種に向け、僕は宣言する。

「──ベルデさんたちがこれ以上、傷付くことは絶対にありません」

†

後方から迸る強大な魔力を鱗に感じながら、ジ・リズは牙の隙間から嘆息を洩らした。

「はあ……張り切っとるのう」

スイとショコラが飛び降りた場所には変異種がいた。あれ特有のぐちゃぐちゃな魔力波長を感知すると角が痛くなる。

乱雑でとっ散らかった魔力は、変異種が手に負えない理由のひとつでもあった。こちらの魔力に干渉し、魔導を邪魔してくるのだ。通信水晶などは用をなさなくなるし、竜族である自分でさえ十全の力は発揮できないだろう。

それがどうだ。スイの魔力には一切の澱みがなく、干渉を完璧に跳ね除けている。それどころか安定したまま加速度的に増大し、増大しながら凝縮している。

本格的に、目覚めつつあるのだ。

スイは——いや、あの一家は揃っておかしい。

連絡をもらい、すっ飛んでいき、事情を聞いた。スイとショコラだけで赴くと言われ、送迎を頼まれた。あの時の彼らがどれほど思い違いをしていたか。もはやつっこむ気にもなれない。

母のヴィオレは、息子が残酷な光景を見ることになるのではないかと案じていた。

義娘のカレンは、救援物資の中身をどうしようかと悩んでいた。

そしてスイは、友人たちの安否を気にしていた。

誰ひとりとして、スイの安全について心配している者はいなかった。

何故なら——怪我などするわけがないから。

濃い魔力の中で外界よりも強力な獣どもが跋扈する『神威の煮凝り』にあって、彼らは魔物はおろか、変異種すらもまるで恐れていない。当たり前に勝てると、万が一にも傷を負うことはないと思っている。

その異様、その異常、その異質。

変異種がいることを理解していて、躊躇など微塵もせず、愛犬とふたりでひょいっと飛び降りていったスイの背中を思い出す。

夜の闇よりも黒く、なのに陽だまりよりも優しい、あの黒瞳。

長いこと生きてきたしこれからも長いこと生きていくだろうが、あれほどまでに深い闇の魔導を持つ者は、おそらく後にも先にも現れまい。

はあ、と。うなだれながら、ジ・リズはハタノ家を目指して飛ぶ。

「カズテル殿と天鈴殿を合わせたより怖（こ）えよ。儂、逆らわんようにしよ……」

ぼやきは、空に溶けていった。

そしてジ・リズがおののく、当のスイはといえば――。

3

頭がますます冴（さ）えていた。

心は澄み渡り、身体の内側に力が充実し、なんだってできそうな気がする。ベルデさんたちが生きていてくれたことへの安堵からくる解放感もあるんだろう。

「……寄る辺に飽いて、諚（さだめ）に鳴く」

剣を掲げながら、言葉が溢れてくる。

言葉そのものに意味はない。これは体内の魔力を一定の流れに沿った形でループさせる――つまり回路化するためのもの。口から発する言霊は、電気回路におけるコードと同じ。魔を導く術なのだ。


「縁(よすが)を割いて、要(かなめ)を刺す」


魔術には二種類ある。

無意識(パッシブ)にやるか、意識的(アクティブ)にやるか。

僕がずっとやっていたのは前者(パッシブ)だ。これは無意識の中にある欲求や願望そのものを回路化するもので、効果範囲が広く常時発動してくれるが、一方で曖昧であり融通が利きにくい。

対して言霊や動作、儀式などの形あるものを回路化する後者(アクティブ)は――その場でいちいち組み上げる必要がある代わりに、効果を限定させることでより強力な、かつ応用の利くものにすることができる。

「ひぃいイィいいヰぃいひぃイイイいいン!!」

二角獣(バイコーン)の群れを率いる変異種が高く嘶(いなな)いた。どうやら僕の魔力が練られていることに気付き、危機感を持ったのだろう。

鬣と双角を奔る電撃が大気へ迸り、僕らへと襲いかかる。

「っ……あぶねえ！　全員、防……」

咄嗟に叫んだのはシュナイさんか。だが彼の喚起よりも変異種の雷は疾く、

「……、え？」

――僕の結界よりは、ぬるい。

雷はギリくまさんの時と同じように、不可視のドームを上滑って放散する。正直、同じ雷であってもあっちの方が遥かにおっかなかったよね。


「……五度、七度、五度。曲がって戻れば、潰れた、濡れた」


無意識下の結界を挟んでもなお、儀式は続く。

儀式――この場合の言霊には、もちろん先人により形式化された定型呪文も存在するが、自分から魔術を編む際は別だ。誰に教わるでもなく、魂の裏側から勝手に湧いてきて、舌と唇で紡がれる。

故に、魔術についてほとんどなにも学んでいない僕であっても発動が可能。

「唄えば更けて、月は消え、あちらとこちらで澱んで萎えろ」

母さんやカレンみたいに、発音を圧縮して詠唱速度を上げることはまだできない。いまいち定義付けが下手で、仕方なく無意識下（パッシブ）で補っている部分も多い。けれど……詠唱が遅くても編むのが雑でも、不可侵の結界がすべてを阻んでいる以上、気を急（せ）かす必要はどこにもない。

「ところでベルデさん。つかぬことをお伺いしますけど」

詠唱を終えて準備が整ったので、背後へと問う。

「こいつの素材って、高いんですか？」

「え!? あ、ああ。肉は食用にならんが、鬣は刷子（ブラシ）の材料として優秀だし、角も用途が多い」

「この数ならちょっとしたものですよね？ 今回の救助活動で生じた赤字って補填されますか？」

「それは、充分に可能だろうが……自分が仕留めた獲物は自分のもの、ってのが冒険者の不文律（マナー）だ。お前がこいつらを全部片付けるんだから、俺たちは施しを受けるわけにはいかねえぞ」

「なに言ってんだ大将!? こんな、剣の構えもろくになってねえ子供に……」

「そうよ、私たちが踏ん張らないと！ 確かに連れてきた従魔は強いみたいだし、今の防御魔術もすごかったけどさ。それでもこの子にやらせてばっかは、面目がないわ」

見知らぬ冒険者たちの言葉は、僕を侮るというよりもむしろ案じるようなニュアンスで、あぁやっぱりベルデさんのところには良い人が集うんだろうなと嬉しくなる。でもそこのお姉さん、ショコラは従魔とかじゃなくて家族だからね。

「わうっ」

「わかってるよ」

「ブるフうウうウウウウウウゥァあアア!!」

足元のショコラに視線を遣ると、再び変異種の嘶き――いや、今度は雄叫び。

雷がさっきの倍ほどの勢いで放たれ、同時に周囲のバイコーンたちが一斉に飛びかかってくる。

ようやくこっちを、獲物ではなく脅威と認識してくれたようだ。

「遅いけどね。……『深更悌退』」

発動。

手に携えた魔剣リディルの刀身から、黒い鎖が四方無尽に放たれた。

それは以前、ギリくまに対して飛ばした黒い靄――あれの形を整え、ちゃんとした魔術として編んだもの。鎖はまるで蜘蛛の糸みたいにバイコーンへ絡み付き、絡め取り拘束する。

それは、闇属性の時空魔術による因果遅延。

物理的に縛っているのではない。バイコーンの行動、あるいは存在、より正確に表現するなら、彼らの未来。『僕らへ襲いかかる』という行動そのものの結果を限りなく先延ばしする、擬似的な時間停止だ。

故に彼らの動きは鈍る。前脚を掲げたまま、身を屈めたまま、あるいは飛びかかるまさにその最中、滞空したまま。

「ベルデさん。それから、冒険者のみなさん」

唖然としている彼らに向き直り、僕は告げた。

「『自分が仕留めた獲物は自分のもの』。それがマナーでしたよね。だったらやっちゃってください。僕のこれはただの弱体化(デバフ)です。こいつらを倒すことはできなくて、あなたたちの手が必要です。……ことの始末は、追い回されて囲まれた報いは、あなたたちの手で」

「……呆(ほう)けてやがるなよ、野郎ども！」

眼前の光景と僕の言葉をいち早く理解したベルデさんが、呵々とした笑みで大喝した。

「待ち望んでいた好機だ。偉大なる魔導士殿がくれた稼ぎ時を、逃がすんじゃねえ！　ここで大暴れしなきゃ、帰った時に算盤(そろばん)弾いて頭ぁ抱えるハメになるぞ！」

「お、おお……おおおおおおおおっ!!」

冒険者たちが雄叫びをあげた。

意識を失っているであろう少数の人を除く全員が立ち上がり、剣を、槍を、短刀を、弓を構え、動きを止めたバイコーンの群れへと襲いかかっていく。

形勢は逆転し、奴らは狩る側から狩られる側となった。

僕とショコラはその様子を横目に、群れのボス——変異種へと向き直る。

「お前は、僕らが始末を付けなきゃね」

変異種もまた、鎖に身体を縛られていた。

その不気味に光る眼（め）も、筋骨隆々とした体躯も、鬣の代わりにびっしりと生えた坩堝水晶（クリスタル）も、坩堝水晶（クリスタル）と双角の間に奔る稲光すらも——すべては停滞し、動きをスローモーションに時を遅延させている。

「ギリくまさんはもう少し動けてたような気がしたけど……」

変異種として、あれよりもこっちの方が格下なんだろう。バイコーンと比較するとギリくまさんのお姿、だいぶキレッキレだったし。そもそもこんな森の浅いところじゃなくて深奥部、我が家の近くに住んでいたみたいだったし。

ひょっとしたらギリくまこそが、我が最大のライバルだったのかもしれない。

「ショコラ、やっちゃって」

「わうっ！」

あの時と同じように、ショコラが身構えて跳躍した。樹を蹴りながら上空へ飛び、最高高度に達すると背中を丸める。

回転とともにショコラの纏う光属性の魔力が輝きを放ち、純粋な破壊力を特性にしたエネルギーの塊、すべてを貫く弾丸と化す。

射出。

鍛(たぁん)――と、変異種の胴体を光の一条が貫いた。

ギリくまさんの時よりも細いが、より鋭く、より速い。たぶんショコラも力のコントロールができるようになってきているのだ。あの時と違い胴体がまっぷたつにならない代わりに、ぽっかり開いた穴はまるで工作機械ですぱんと穿(うが)ったようだった。

おそらく傍目(はため)にはあっけないほどに、変異種はどう、と斃(たお)れる。

冒険者たち全員が、弾かれたようにこっちを見たのがわかった。その視線は驚愕(きょうがく)、疑念、困惑、呆然――。

「おい、スイ！　変異種は死ぬと……」

「大丈夫。わかってます！」

ベルデさんのみが咄嗟に、その知識を思い出したようだ。

変異種の死体は、大爆発を起こすということを。

警告に片腕をあげて応えながら、素早く詠唱する。

「開いたら菫、閉じたら終夜、応じても鳴らす鈴はなく、伽藍には天が座す」

さっき発動した『深更悌退』の効果はまだ続いている。首筋の坩堝水晶はゆっくりと明滅するが、蓄積していた魔力が行き場を失い死体を巻き込んで爆発する――ことは、遅延魔術を解かない限りあり得ない。

「理並べて、火、水、風。三つ重ねて、混ぜたら終わり。三つ終われば、重なるは闇」

故にもうひとつの魔術は、爆発が起きるまでに詠唱を完了した。

「……『渾沌は、可惜夜に遊ぶ』」

それは闇属性、時空魔術による因果消滅。

『変異種の坩堝水晶から放出された属性が、死体を餌に膨らんで爆発する』――その過程の因果を途中で断線させ、結果を未来の遥か彼方、『あったかもしれない可能性』という段階にまで薄めて吹き飛ばす。

ひゅう、と。

坩堝水晶（クリスタル）から溢れかけていた属性が掻き消えた。

しん、と。

変異種の身体が爆発することなく、生命を失った。

「お疲れさま、ショコラ」

「わうっ！　わうわう！」

戻ってきたショコラを思う存分に撫でながら、僕は微かな疲労感とともにベルデさんたちへ笑いかける。

ベルデさんは呆然と、変異種の死体を眺めながらつぶやいた。

「はは、なんてこった。こいつは、とんでもねえ」

「なにはともあれ、無事でよかったです」

†

『終夜（しゅうや）の魔女（ウィザード）』――カズテル＝ハタノを父に、『天鈴の魔女（ウィッチ）』――ヴィオレ＝ミュカレ＝ハタノを母に持つ、その息子の宿した魔眼の名は『可惜夜（あたらよ）』。

後に『可惜夜の魔女』の称号を授かるスイ＝ハタノが、その魔導を公の前で用いた、これが初めての日であった。

4

二角獣（バイコーン）の群れを討伐し終わった途端、しっちゃかめっちゃかの大騒ぎになった。


「すげぇよ坊主！　あんたみたいな魔導士見たことねぇ！」

「ひゃっほーーーー助かった！　助かったんだ!!」

「なんだよあの魔術！　お前さん『魔女』だったりするのか!?」

「うえええええん、がえでる……家に帰れるんだああああ」

「ありがとうございます……ありがとうございます……！」

僕は揉みくちゃにされた。ショコラは見知らぬ人に撫でられるのが嫌だったようで、するっと逃げていた。

もてはやされて正直、悪い気はしない。

ただそれよりもやっぱり、

「ありがとうよスイ。でかい借りができたし、すげぇものも見れた。誰彼構わず自慢したくなる気持ちもわかる……こりゃ、大将を笑えなくなったわ」

そう言って拳で肩を叩いてくるシュナイさんと、

「親子二代にわたたって助けられちまったな。俺ぁ一生、お前たちに頭が上がらねえよ」

冒険者たちを押しのけて、がっしと僕を抱き締めてくれるベルデさん。

――ふたりの友人が無事だったことが、なによりも嬉しい。

ベルデさんはひとしきりの抱擁を終えた後、顔を真っ直ぐに覗き込んでくる。

そして僕が最も望んでいたことを、言ってくれた。

「だがなスイ。『さすがあの人の息子だ』なんて言わねえぞ。これは……こんなすげえことは、当たり前にできるもんじゃねえ。確かにお前はあの人の血を継いじゃいるだろうが、だからってそれが、俺たちを助けた理由にはならんだろう？　俺たちは、他ならないお前に救われたんだ。お前が来てくれたから、お前がここに来ると決めたから救われたんだ、スイ」

「うん……ありがとう」

「かあっ！　てめえが礼を言ってどうする。それにしても……」

ぐしゃぐしゃと僕の頭を撫でた後、変異種の死骸に向き直るベルデさん。

胴体に穴が開き、坩堝水晶（クリスタル）も、もはや色を完全に失っている。

それを眺めながら、神妙な顔をして言った。

「……こいつは、えらいことだぞ」

変異種は死んだ後、坩堝水晶（クリスタル）の作用により大爆発を起こす。そのため、死体は粉微塵になって消えてしまうのが常だ。

　僕はその爆発からみんなを守ろうとしたのだが、結果として——変異種の死体が残った。

　これは前代未聞のことであり、めちゃくちゃ貴重な研究対象になるとのことだ。

「どんな研究をするのかとか、そういう難しいことは俺にはわからねえ。ただ、とんでもない高値で売れることだけはわかる。それ一頭で家でも建つんじゃねえか」

「家は森の中で間に合ってるんですけど……」

「もらっとけ。金なんて持ってて損にはならねえんだから。それに、獲物ってのは仕留めたやつのもんだしな」

「はい！」

　そうこうしているうちに、ジ・リズがカレンと一緒に、支援物資を持って戻ってきた。傷薬(ポーション)や包帯、骨折した人のための添木に解熱剤。それから全員が満腹にとはいかないまでも、冷蔵庫に備蓄してあった肉。ひとまずはこれで、街に帰るために英気を養うことができるはずだ。

　一行は素材の剝ぎ取りなどを済ませたのち、場所を移動してから野営(キャンプ)を張ることになったのだった。

†

野営地は十キロほど離れた場所にある、草原地帯に決まった。

バイコーンから剝ぎ取った角や鬣、尻尾の毛など、大量の荷物を抱えての移動だったが、さすが冒険者は手慣れたもので、たくさんの怪我人がいるにもかかわらず大荷物を背負って平気な顔で行軍していた。

なお変異種の死骸はベルデさんが担いでくれている。氷の魔術が使える人にやんわり冷やしてもらいながらである——ただ貴重な研究資料になり得るからできるだけ早くギルドに届けた方がいいということで、キャンプの設営が終わった後、ひと足先に僕とジ・リズで運ぶことにした。彼はふたつ返事で引き受けてくれたけど、今度なにかちゃんとお礼しないとなあ。

ともあれ。

テントは手際よく組み立てられていき、負傷者の手当てもてきぱきと行われていく。手当てに参加しているカレンに対して熱のこもった眼差し(まなざし)を向けている男どもがいるけどそれは許されないからね？　当人は目すら合わせず、包帯巻き終わりましたはい次って感じだしまあ大丈夫か……。

野営地からやや離れた場所ではジ・リズがショコラと戯れている。

「よし、次は儂の尻尾に乗れ。うんと高く打ち上げてやるからな」

「わんっ！」

「いくぞ……そらっ」

「わうーーーーーーーーー……ぅぅ」

……いや、なんかすごい遊びをしてない？

家族以外には懐かないショコラだけど、ジ・リズの姿が人間じゃないからか、友達くらいに思っているようだ。仲良くなってくれてよかった。

そしてみんなのことを横目に、僕はといえば――。

「肉まで持ってきてくれて、本当にありがとうね」

「いえ、お代はちゃんともらうから大丈夫ですよ」

「そうだな、そうしてくれた方がおんぶにだっこにならずに済む」

「払うのは私らじゃなくギルドだしねえ」

「しかし深奥部で獲れた肉か……どんな味がすんのかな」

火を囲んで料理を作っている冒険者の方々と、あれこれ会話をしていた。

カレンが持ってきてくれた肉と野草を鍋にぶち込みそのまま煮るという豪快な料理だ。野営地での食事だしこんなもんかなとも思う一方、僕としては細かいところがめちゃくちゃ気になって、あれこれ口出ししてしまっている。

「トゥリヘンドの脂身は取った方がいいですよ」とか。

「その野草は煮えすぎると風味が落ちるので最後に」とか。

「疲れてる人がいるでしょうから、肉は柔らかくするのがいいかも。フォークで穴を開けておきましょう」とか――。

「おお、兄ちゃんは料理もできるのか。すげえな」

冒険者のひとりが感心したように言う。

だけど僕はそれよりも、鍋の味付けが気になっていた。

「塩と香辛料しかないんですか？」

「香草があるだろ、充分すぎるくらいだ」

「いやまあそうなんですけど……」

「これでも豪華なのよ？　お肉がお肉だし」

料理番のひとりであるお姉さんはにこにこしているが、正直、煮込みというよりただの塩茹(しおゆ)でだ。確かに森の中の野営で贅沢(ぜいたく)は言ってられないんだろうけど。

「せめて出汁(だし)とかあれば違ったのにな」

なにげなくつぶやいた言葉だった。

昆布や鰹節(かつおぶし)は無理としても、コンソメだったりキノコだったり、肉の他になにかあればいいのにと思ってのことだった。

だが僕の科白(せりふ)に、料理番のみなさんがきょとんとする。

「ダシ、ってなんだ？」

「え……？」

僕は——むしろ僕の方が間抜けな声をあげたかもしれない。

「出汁は出汁ですよ。肉とかからも取れるやつ」

この世界に出汁の概念がない、なんてことはないはずだ。シデラの宿で食べた肉料理には濃厚なソースが使われていたし、トマト（っぽい野菜）を使った煮込みなんかもあった。

だから通じて然るべきなはずなのに、

「ああ、兄ちゃんの言ってるのはあれか、骨付き肉やらを煮込んで作るやつか？　確かにそういうのがありゃ味も段違いになるが、街の厨房じゃあるまいし、さすがに無理ってもんだよ」

「そうねえ。乳でも入れればシチューになるんだけど、腐りやすいし」

「茸をぶち込んでも美味くなるぞ。ま、『虚の森』で茸狩りは命が幾つあっても足りんからなあ」

「そうそう。どれに毒があるのか私らじゃ判別つかないのよね」

——違う。

僕は出かかった否定の声を呑み込んだ。

何故なら、上手く説明できる自信がなかったからだ。

正確には、違わないいけど違う。

確かに骨付き肉を香味野菜と一緒に煮詰めればソースになる。ワインを加えればデミグラスソースだ。

牛乳とバターを入れ、小麦粉でとろみを付ければ日本でもお馴染みのシチューになる。いま作っている、塩茹で擬きの香草煮込みよりよほど美味しいだろう。

キノコも優秀だ。足すだけで出汁が出て、味が膨らんでくれる。毒かどうかの判別ができないんなら仕方ないけども、あるのとないのとでは大違いだ。

だけど料理番のみんなが口にする、それらのこと。

彼らが持っている知識と、僕の頭の中にある感覚とでは、なにかがずれている。なにかが違っている。

なにかが——。


——スイくんが作る料理の味付けは、なんというか……深いのよね。


シデラの宿に泊まった時。

母さんが僕の料理についてそう評したのを、不意に思い出す。

「……もしかして」

あの時は、よくわからなかった。

ただ、母さんの身内贔屓ではないような気がする、って程度だった。

料理番の冒険者たちの言葉と、あの時の母さんの感想。

それらを合わせると、推測が生まれる。

「あの、すいません。ちょっと尋きたいんですけど。……、……」

僕はだから、彼らにあることを問う。

「ん？　なんだその変な質問は。そうか、兄ちゃん、融蝕現象でこっちに来たんだっけ。だったら文化の違いってのもあるだろうな。いいか？　……」

そして返ってきた答えに、推測は確信に変わった。

「なるほど、そうか。……だったら」

5

——それから、三日が経った。

ベルデさんたちの撤収作業は順調だったと聞く。僕は野営の準備が終わったのを見届けてのち、ジ・リズに頼んで変異種の死体をギルドまで運び——大騒ぎになっちゃったけどこれはもう僕のせいじゃないよね、たぶん——そこからカレンと一緒に家へ帰った。

母さんは僕らを優しいハグで出迎えてくれた。やっぱり心配してたんだな。

で、ついさっき。

ベルデさんたちが無事にシデラへ帰還したという連絡をもらって、この件は終わり。

変異種の買い取り料金とかはまだ決まっていないけど、そっちは査定が終わり次第ギルドの口座に振り込まれるそうだし、金額については母さんがちゃんとチェックしてくれるとのことなので、まあ僕は呑気に構えていよう。

それにしても銀行口座みたいな仕組みがあるんだなと感心した。これなら森の中でタンス預金をして経済を滞らせるなんてことをせずに済みそうだ。

ともあれ。

僕はこの三日間——開墾とか食事の準備とかの合間を縫って、あるものの作成に勤しんでいた。

ベルデさんたち一行が野営に際し作っていた『肉を塩と香草で煮る』というなんとも適当な料理、後から聞くとどうもあのやり方は冒険者のデフォルトらしく——だったら、まずはそれを改善したいと思ったのだ。

その『あるもの』は、日本だとその辺のスーパーで必ず売っているし、自宅で作る人もいる。

材料は、大雑把にまとめると肉と塩と野菜。

まずは肉。今回は塩漬け肉、つまりベーコンを使う。

斑猪（まだらいのしし）という、家畜として王国内で広く飼育されており、最も手に入りやすい豚のものだ。三日前にシデラへ赴いた時、大量に買い込んできた。なお元手はギルド支部長のクリシェさんが貸してくれた。

塩は我が家の『食糧庫（ストック）』からではなく、これもシデラで仕入れたもの。こっち（異世界）の味で広く再現できなきゃ意味がないからね。家の備蓄、つまりは日本の塩と比べると若干の雑味があるが、ほのかにハーブのような香りがあり、なかなか良さそうだ。

そして、野菜。

これの選定が重要で、かつ、なかなか苦労する。

絶対に必要なのが澱粉質だ。これは丸芋を使うことにした。地球にあるジャガイモによく似た芋で、ジャガイモよりねっとりとしているが癖がなく、主食にしている地域もあるらしい。斑猪のベーコンと同様、広く普及しているのでどこででも手に入る。

続いて香味野菜。

地球において一般に使われているのは、タマネギ、セロリ、ニンジン、ニンニクなど。ミニトマトなんかもあるとなおいい。家にあるものとシデラの倉庫、それから市場も見回ってとにかくそれっぽいものを買い集め、いろんな配合を試しまくる。

正直、ここが一番苦労した。三日もかかった原因だ。

地球でもあった野菜、異世界にしかない野菜、あれこれ試行錯誤し、選りすぐった結果、基本の配分はようやく完成。作る人それぞれの工夫でいかようにもアレンジできる部分なので、できるだけシンプルに、オーソドックスにした。

で、あとは香草。

パセリやローズマリー、タイム、ルッコラ、そういったやつだ。これも調合に苦労しそうだったけど、王国内の大手商会が作っている市販の乾燥ミックスハーブがあり、家庭料理によく使われているそうなので、そっちをまるっと利用させてもらうことにした。香りは馴染みがあった方がいいに決まってる。

「お前が味見できればいいんだけど、塩っけ多いしタマネギ使ってるからなあ」

「わう……」

キッチンに立つ僕の足元にじゃれつくショコラは、がっかりしたような鳴き声。地球の犬と違って妖精犬(クー・シー)はなんでも食べるとは聞いてるんだけど、聞いてはいてもやっぱりまだちょっと怖いんだよね。万が一があったらと思うと。

……ただ、僕の『結界』で毒物は吸収されずに済むような気配はあるんだよなあ。

「今のところは念には念を、かな。お前が病気になったりするの、嫌だもん」

「わうっ！」

さて、ともあれ。

ベーコン、塩、澱粉質、香味野菜、ハーブ。それらの材料をとにかく刻む。ひたすら刻む。

刻むというよりぐちゃぐちゃに潰す。本来はミキサーを使うのだが、あいにく家にはない（というかこの世界にもない）ため、身体強化を使って根気よくひたすらに。

で、原形がほぼなくなったところでボウルに移し、少しずつ水を足していく。これもミキサーなら最初から水と一緒にぶち込めばいいのだけど、まあ仕方ない。

なお、水はカレンにお願いしている。

「ん、このくらい？」

「いいね、ありがとう」

魔術で生成した水を計量カップに注ぎ、こっちに差し出してくれる。

それを受け取って、ボウルに入れつつポテトマッシャーで更にガシガシと。いや家にポテトマッシャーがあって本当に助かった。でも包丁を新調することだし、せっかくだからノビィウームさんにも作ってもらおうっと。

「ね、スイ。どうして水道のお水、使わないの？」

「別にそれでもいいっちゃいいんだけど……できるだけ作り方を合わせたいんだよね。街の飲用水とうちの水道水もそもそも違うし、だったら魔術で作る水を使った方がいいかなって。そっちは街でも使われてて、レシピも説明しやすくなる」

「……水に違いがあるの？」

「硬水と軟水、ってわかる？」

こてんと首を傾げるカレン。

ただ、僕も正直、こっちの常識に合わせて説明できる自信はない。

「ええと……水って、いろんなものがほんの少しずつ混じってるんだ。中でも、カルシウムとかマグネシウムとか……まあ要するに金属が、ほんの少ーしだけ入ってるんだよね」

「金属？　私たちふだん、金属を飲んでるの？」

「目で見てもわからないくらいのわずかな量だよ。そうだな……お風呂いっぱいに溜めた水を全部沸騰させて蒸発させたら、ほんの少しだけ金属の粉が残る、みたいな。で、その含有量が比較的多めな水を『硬水』、少なめな水を『軟水』っていうんだ」

カレンは無言で続きを促してくる。どうやら興味津々なようだ。

「硬水と軟水の違いは味、舌触りに現れてくる。そして料理においても傾向があるんだ。出汁の抽出とかにね」

「ダシ、ってなに？」

それは、三日前の冒険者と同じ疑問だった。

「そうなんだよ。こっちの世界には出汁の概念がない。実際は取ってるんだけど、それはソース作りや煮込み料理において結果的に出汁が出てるってだけで、『出汁を取る』って調理過程を、経験則的にしか意識してない」

そして。

この世界の住人――少なくとも王国に住む人々――が、出汁を意識していない理由のひとつに、水がある。

「この大陸で飲料水として使われているのは、基本的に硬水なんだ。ただ一方で、カレンにいま出してもらってるような『魔導水』……水属性の魔術で生成する水には、カルシウムとかマグネシウムとかがほとんど含まれてない。つまり軟水になる」

一般に、硬水は肉の出汁に、軟水は昆布の出汁に向いているとされる。肉は硬水で煮るとアクがたくさん出てくるし、西洋で昆布を煮ても上手く出汁が取れない。

これはつまり、硬水を飲料としている文化では肉を煮れば勝手に出汁が出る――故に『出汁を取る』という調理工程が発展しにくいことを意味していた。

ただし冒険者たちが森を探索している最中、生活用水は飲用のものも含め、水は魔術で賄っている。冒険者の間で『魔導水はするっと飲めて美味しい』というのは常識だそうだ。

「我が家の水は、僕が魔術で因果を歪めて、おそらく日本の水道水が再現されてる。だから軟水ではあるんだけど……カレンに魔術で出してもらった水の方が、よりレシピの再現性が高くなるから」

硬水をベースに組んでおくのではなく、軟水――特に魔導水をベースに組んでおけば『レシピより味が落ちた』なんてことにもなりにくいし、大量生産する際にも向いているかもしれない。

僕の説明を黙って聞いていたカレンは、しばし考え込んでから応える。

「ごめんなさい、やっぱり全部はわからない。でも、スイが一生懸命なのはいいこと。私は応援する。がんば」

「ありがとう。ごめんね、僕も細かい解説ができなくて」

ふんすと両拳を握って僕に奮起を促すカレンと、足元で暇そうにあくびを始めたショコラ。お前も応援してよ。でも自分が味わえないやつじゃ仕方ないか……。

潰して水を入れてまた潰して、とにかくぐちゃぐちゃにして、原形を留めないどろどろの塊になったそれを、次はフライパンで煮詰めていく。

じっくり弱火で、少しずつ水分を飛ばす作業だ。

これは本当に時間がかかる。三十分も経つと完全に飽きたショコラはポチと遊ぶために家の外へ行ってしまった。カレンは興味深そうにじっと見ていたが、一時間を過ぎた辺りで僕の頭を撫でたり髪の毛をいじったりといたずらし始めた。火を使ってるんだからやめなさい。いやIHだけど。

二時間近くが経ち、ほぼ水分の飛んだ固形物になってきた頃、母さんが家に戻ってきた。狩りがてら、近所に変異種が湧いていないか見回りに行ってくれていたのだ。トゥリヘンドを何羽か手に持って、縁側から顔をひょこっと出す。

「頑張ってるわね、スイくん。まだ完成は遠いの？」

「いや、もうちょっと。カレンと一緒に獲物、捌いといてくれる？」

「了解よ」

と言いつつ、家にあがってくる母さん。

「……それの完成を、見届けたらね。いい匂いがするわあ」

「ご期待のところ申し訳ないんだけど、まだもうちょっと先なんだよね」

完全に煮詰まって水気も飛んだペーストをヘラで割って砕いていく。もう煮詰めるではなく炒めると形容した方が近い。そうして、バラバラの粉状になったそいつをキッチンペーパーの上に敷いて、

「ひと晩寝かせて、余計な油を出しきったら完成だ」

ペーパーの上に広がったのは、黄金色をした細かな粒。

キッチンにはそれを作る過程で生まれた、肉と香味野菜のブレンドされたいい香りが立ち込めている。

僕にとっては馴染み深く、懐かしい匂いだ。

異世界にもあるのだろうか？　たぶん、似たような調理法はあるだろう。肉を香味野菜やハーブで煮込むだけではあるのだから。

ただそこから丹念にアクを取り、具材も除いてから更に漉し、澄んだスープとして供するのは――ひょっとしたら、やっていないかもしれない。

少なくともそれを固形に加工したものは、いま現在、この世界に普及はしていない。だって普及していたら、冒険者たちが使っているはずだから。

「ここ何日か、作っては味見していたものよね？　これ、なんなの？」

「湿気(しけ)ないように保管すれば二、三ケ月は保(も)つ。お湯に溶かすと美味しいスープになるし、具を入れて煮込むだけでちゃんとした……出汁の利いた料理になる」

「それって……」

「うん。冒険者が遠征する時に持っていけば、塩で茹でただけの味気ない食事から解放される。冒険者じゃない一般家庭でも、手軽に美味しい煮込みが作れるはず」


それは西洋出汁(ブイヨン)を更に加工したもの。

本来は、フランス語で『完成されたもの』を意味する名前の高級スープ。

現代日本においては、僕が作ったような――調理過程を簡易化しつつ、顆粒(かりゅう)やキューブにした即席の『素(もと)』が安価で売られていて、むしろ名を聞けばそっちの方を連想させる。

お手軽料理で重宝する、万能兵器。

顆粒コンソメである。

6

かくして完成したものをさっそく、次の日の夕食で使ってみた。

余りもののベーコンと丸芋をメインに、人参や蕪などの根菜、それから食いでのありそうな野菜を入れて顆粒コンソメを溶いたスープで煮たもの。要するにポトフである。

「……こんな美味しいものを、森の中で冒険者が食べられるようになるの？」

母さんは口に入れて味わったのち、半ば呆然とつぶやいた。

「具材には差が出るからまんまってわけにもいかないと思う。でも近いものはできるはずだよ。肉は今回、ベーコンを使ったけど本来はなんでもいい」

カレンも皿のポトフを凝視しながら不思議そうに言う。

「ん……スープに溶いた粉も塩漬け肉でできてて、材料も半分くらいは具材と同じ。なのにどうして、深い味がするの？」

「顆粒コンソメには素材の味が凝縮されてるんだ。香味野菜の風味も加わってる。その相乗効果で味に深みが出る。こういう煮込み料理って、こっちの世界にはないの？」

「王都の料理店で似たようなものを食べたことがあるわ。手間をかけた贅沢な品だったはずよ」

「なるほど。じゃあ、ブイヨンの概念はあるのかな。やっぱ、高級料理になるのか」

要するに材料費と手間賃だ。

肉や野菜を、出汁を取るためだけに使っているから材料も手間も余分にかかる。こっちの世界だと、産地からの輸送費なんかも上乗せされるんだろう。

「シデラじゃ、肉は森で手に入るんだよね？　野菜類も市場にはたくさん並んでたけど……」

「ん。シデラは小麦以外はほとんど自給自足で賄ってる、はず」

「むしろ出荷する方ね。王都は遠いから、シデラ産の肉や野菜は高級品よ。お母さんが王都で食べた煮込みも、だから余計に値が張ったのかも。でも……」

「顆粒……即席スープの素、みたいなのはないよね」

「ないわ。お母さんが冒険者をしてた頃も聞いたことがなかった」

「スイ。これはたぶん、すごい。この煮込みももちろん美味しいけど……」

「ええ。顆粒コンソメさえあれば、これと似たような料理をいつでも誰でも簡単に作れる……それが驚異的だわ。長期保存できて携帯性があって、荷物にもならない。探索中や旅の道中で、手軽にこんな美味しいものを食べられるようになるなんて」

「コンソメの味は飽きが来にくいんだ。具材によって気分も変えられるし、アレンジもできる。調味料みたいに加えてもいい。ワイン蒸しに使ったり、我が家限定だけど、みりんと混ぜても味が膨らむ。あとは……世に出すとしたら、値段と既得権益の問題かな」

「魔術で作業工程を圧縮できれば手間と人件費も削減できそうね。思ったよりも安値で大量生産できるかもしれないわ。既得権益はそこまで問題にならないとは思うけれど……その辺りのことも含めて、ギルドの支部長と話をしてみなさい。お母さんも、伝手(つて)を頼って別口から相談してみるわ」

「あるとしたら、どっかの料理店が秘伝のレシピにしてるとかかな」

特許と似たシステムはあるそうだ。ただ当たり前だが二十一世紀の地球ほど厳密に管理できるはずもなく、それ故に『秘伝』──模倣防止のため、肝要を秘匿するとのこと。そしてそういう『秘伝』は、隠している分、仮に盗まれたら盗まれた側が悪い、みたいな風潮のようで。

なんにせよ、世の中の既得権益すべてに配慮していたらなにもできやしない。これから先も森の奥でのんびり暮らすことに変わりはなくとも、社会から隔絶されてひっそり隠遁(いんとん)生活を送りたいわけではないのだ。

冒険者のみなさんが、行商人や旅人たちが、そしてその辺の一般家庭が──美味しいものを手軽に食べられるようになる。それが僕の決めた、僕の当面の目標だ。

森の中であの日──料理番の冒険者たちに尋いたのと同じ質問を、ふたりに投げかける。

「ねえ。母さんとカレンは、人間の味覚って、どんな種類のものがあると思う？」

ふたりは一瞬、きょとんとした。

冒険者たちにも「なんだその変な質問は」って言われたっけ。

「味覚？　甘いとか、酸っぱいとか？」

「そうそれ。人の舌はどんな『味』を感じ取れるか。『美味しい』『不味い』は、もちろん匂いや舌触り、歯応えなんかも関係してくるけど……突き詰めると『味』の組み合わせでしょ？」

「ん、なるほどわかった」

ふたりは指折りしながら挙げ始める。

「いまヴィオレさまが言った、『甘い』『酸っぱい』、それから『辛い』……」

「『苦い』と『渋い』は？」

お茶の入ったカップを手にしながら母さんが付け足す。

「そうだね、あとは？」

「……あ、『しょっぱい』？」

「うん、しょっぱさも味覚のひとつだ」

「他には……ん、私には思い付かない」

「同じくね。匂いや食感を考慮に入れないと、意外と『味』の種類って少ないのねえ。でも、これはどういう意図の質問だったの？」

「あっち……僕が暮らしてた世界では、味覚は五種類あるとされていた」

僕はふたりに、語る。

「ただし『辛味』と『渋味』は味ではなく刺激……痛みの一種だとして除外されてるんだ。もちろん、それも味のひとつだとする文化もあったけど」

「『辛い』とか『渋い』が味じゃなくて刺激の一種、っていうのは興味深いわ。でも、そのふたつがダメなら……」

四川料理では『麻(マー)』『辣(ラー)』と、辛味を更に分けて別の味と見なしている。花椒(ホアジャオ)の痺(しび)れるような辛味を楽しむ文化がこっちの世界にあるのかは気になるが、とはいえ今回は置いておく。

「そう。母さんとカレンが挙げてくれたもののうち、『辛味』と『渋味』を除くと……『甘味』『酸味』『苦味』『塩味(えんみ)』で、四つ。だけど、人の感じる『味』には、もうひとつある」

『味』とは、舌の味細胞に発現する味覚受容体が検出できる化学物質によって決まる。地球の歴史においても長いこと、『味』は『甘』『酸』『苦』『塩』の四つだとされてきた。

「五つめは地球(向こう)でも、つい最近……百年くらい前に発見されて、ここ二十年ほどでようやく認知されるようになったんだ。それまでは経験則でなんとなくでしか扱われていなくて、積極的に利用していたのも一部の文化でのみだった」

積極的に利用していた文化圏とはつまり、日本だ。

「母さんとカレンがシデラの宿で、僕の料理を褒めてくれたよね。宿の料理と違うって。深い、って。……その『深い』って感じこそが、五番めの味覚の正体なんだ」

「深い、のが……味覚なの？」

「ショコラがいま飲んでるミルクにも、その味は入ってる」

「わう？」

シデラから持ち帰ってきた牛乳をべろべろ飲んでいたショコラがきょとんとする。口が真っ白だぞ。あとで拭いてあげなくちゃ。

「ただ、この味覚はすごくわかりにくい。あっちでも発見が遅かったように。こっちの世界でも、漠然としか利用されてない」

骨付き肉を煮込んでソースを作る。

ミルクを使うと味が深まる。

茸を汁物に入れると美味しい。

そういった、個々のケースによる経験則の中でのみ、その味はある。

対して僕は、日本人として――積極的にそれを用いてきた。

僕がこの家で普段、味付けのベースに使う醤油やみりん。

こっちでは誰もがきょとんとした『出汁を取る』という言葉。

そして今日の夕食で使った、顆粒コンソメ。

ショコラの飲むミルク――乳製品にも含まれている。バターなどに加工して濃縮すればよりはっきりとしてくる。濃縮という意味では、肉と野菜を顆粒コンソメのスープで煮るのと同じだ。

「水の違いもあるんだと思う。こっちの飲用水は硬水で……硬水は、植物性の食材からこの『第五の味』を抽出させにくい」

それは、グルタミン酸やイノシン酸に代表される有機酸の受容。
塩味とも甘味とも酸味とも苦味とも違う、「味が深い」「コクがある」「うまい」とも形容される『味覚』。

「旨味、っていうんだ。名前通り、これを足したり濃くしたりすることで『美味しい』って感覚が倍増する……料理における魔法だよ」

インタールード　王都ソルクス城　国王執務室

ソルクス王国は広大な領土を持つ世界有数の国家で、その面積は大陸のおよそ三分の一を占める。ただ、その更に四分の一は前人未到の代名詞たる『神威の煮凝り』――『虚の森』であり、版図そのものは地図上の区分ほどには大きくない。

とはいえ国力に関しては随一であり、大陸国家群の枢軸として、平和維持という名の示威と牽制に勤しんできた歴史を持つ。ここ百年ほど大陸内で国家間戦争が起きていないのは、曲がりなりにもソルクス王国の存在によるところが大きい。

さて、そんな王国の現国王たる、シャップス＝デル＝ディ＝ソルクスである。

歳の頃は四十半ば、王家の血筋による高い魔力で見かけ上の若さは維持しているが、どうにも風采がぱっとしない。常にぽわぽわと呑気な顔で、穏やかで親しみやすいと言えば聞こえはいいものの、天賦の魅力は皆無であり、諸外国はもちろん家臣や貴族からも軽く見られがちな男であった。

ただし、その隣に侍らせている王妃は別だ。

国王と同様の若さと美貌を保つ彼女の名は、ファウンティア＝デル＝リィ＝シエーラ＝ソルクス。

シエーラ侯爵家の令嬢であった彼女は国王シャップスの幼馴染であり、婚約者時代から常にシャップスを陰日向に支え、内政、外務、社交に折衷と、あらゆる分野において高い能力を発揮してきた。魔導にも熟達し、さすがに『魔女』には足りないもののそれに次ぐ『賢者』の称号を有し、水属性の透き通った蒼の魔眼と相まって『王国の甘泉』とも綽名されている。

つまり有り体に言うと、王は王妃の尻に敷かれていた。

とはいえ王が王妃の傀儡なのかと言われれば、決してそうではない。

かつて、王太子を凡愚であると侮ったシエーラ侯爵家は、息女である彼女を通して国を操り権勢を得ようと目論んだが、その野望は他ならないファウンティア本人によって封殺された。策謀のことごとくは事前に叩き潰され、侯爵家にはなんの権力もわたることなく、嫁いで二十年以上が経った今でも政にほとんど介入できないまま、先年とうとう息子——王妃である姉に盲信的な弟へと代替わりをした。

両親に対してそうであったのだから、況や他の有象無象をや。

王はそんな王妃を深く信頼し、尻に敷かれていようと意に介さず、小人物たる自分を大きく見せることもせず、融通無碍の凡愚として泰然と玉座に在る。その夫婦の有りように、なんだかんだで類稀なる治世であると評する者も多い。

さて、そんな国王夫婦であるが。

先だって北東グレゴルム地方――シデラ村から届いた報せは、彼らの執務室を騒がせることとなった。

†

「えー、まとめますよ。冒険者組合シデラ支部は、変異種の死体を入手。変異種を爆発させることなく仕留めたのは境界融蝕現象でこちらの世界に戻ってきた『天鈴』さまのご子息、スイ＝ハタノ殿。ギルドは王国に検体を提供し、既に王立魔導院からは研究員が出立しております。現地には『零下』さまが先遣隊として駐在しておられるとのことで、研究の陣頭指揮も執るとのことです」

国王夫妻の執務室にて、羊皮紙を片手に報告をするのは彼らの右腕、若き宰相エイデル＝タイナイ。ふたりがまだ王太子夫妻だった頃、視察先の地方都市でその才を見出し、養子に迎え入れたという来歴を持つ、平民出身の大器である。

「変異種の死骸が人の手元に残るのは、歴史上でも数例しか報告がありません。たいへん貴重な検体であり、研究によっては思いもよらない成果があがるでしょう。が、両陛下におきましては、お気になるのはそこではありますまい」

「……うん、なんかすごいのはわかったけど、どうすごいのかはさっぱりである」

シャップスはあっけらかんと肩をすくめてみせた。国王としての威厳などどこかへ放り出した態度だが、いつものことなので王妃も宰相もなにも言わない。

「まあ、専門的なことは専門家に任せておきましょう。それよりもエイデル、あなたの言う通り、気になるのは……」

「『天鈴』さまの動向、でしょうね」

「正確には、あの一家よ。……ついに、ひとり増えましたね」

王妃と宰相は揃って溜息を吐く。

『天鈴の魔女』にして鹿撃ちの位を持つヴィオレ＝エラ＝ミュカレ＝ハタノ。

そしてその義娘である『春凪の魔女』、カレン＝トトリア＝クィーオーユ。

この親子が起こした騒動により王家が頭を抱えた回数は、枚挙に暇がない。もっともここに、十三年前に行方不明となったヴィオレの夫――カズテル＝ハタノを加えると、頭を抱えるどころか突っ伏して放心した数の方が多くなる。

カズテルが最も活躍していたのは国王夫妻がかろうじて王太子夫妻だった頃で、というよりもシャップスが王位を継承した際の騒動にそもそもあの夫婦が深く関わっているのだが、なんにせよ今はその息子である。

「カズテル殿とヴィオレ殿のご子息か。会ってみたくはあるなあ」

呑気にそんなことを言うシャップスに、ファウンティアとエイデルは揃って嘆息した。

「呼んでも、絶対に来ないでしょうね」

「『そっちが来い』くらいは仰りそうですね。ご家族との再会は彼女の念願でしたから。ただ個人的には、『終夜』殿とはもう一度お話をしたかったです」

「あなたはまだ子供でしたものね」

「カズテル殿かあ。王太子だった頃は、顔を見るや逃げ回るほど苦手だったが……亡くなられたと聞くと、やるせないものよ。いなくなって初めて、まだまだ教わりたいことがたくさんあったと悔いた。あの御仁を慕っていたのだと気付いた。余らにとって、無二の友であった」

王の飾らない言葉に、三人はしばし瞑目する。

ややあって王妃が、

「まあ、我らがその想いを忘れなければ、いずれ天鈴さまも顔を見せに来てくれるでしょう。間違っても呼びつけなどしてはいけません。セーラリンデを通して文と玉を送っておきなさい。

私がしたためます」

そう笑うと、議題は再開された。

王妃は表情を施政者のそれに変え、宰相へ問う。

「それで……ご子息は、どのようであるのですか？」

「性は善良、物腰も穏やかで、傲慢なところは微塵もなく、人当たりも懇篤そのものであると。接触した者たちからの評判は高いです」

「……猫をかぶっているのではなくて？」

「虚偽のない為人でしょう。変異種に襲われた冒険者の救助に、深奥部から単身で向かったとのことです」

竜族の背に乗ってきた、という情報を、宰相は伏せた。

その後もシデラへは度々ドラゴンとともに来訪しており、その異常な光景に現地の住人は慣れつつある——と伝えるのも、今はやめておこうと思った。

何故なら次にする報告だけでも、ふたりの溜息は執務室を満たすであろうから。

「それから、魔導の力量に関してです。変異種を討伐したことからもご賢察なさっておられるでしょうが……『春凪』さまのみならず、ともすれば『天鈴』さまにも届き得るかと」

「だよねえ」

「ですよね……」

案の定。

王、王妃ともに、はあ、と懊悩する。

「あのふたりの息子だしなあ」

「私も、こればかりは陛下とともに肩をすくめるしかありませんね」

「現地からによれば、かの『終夜』殿よりも深く黒い魔眼を持っておられると。変異種の放った雷撃をこともなげにさばき、居合わせた者たちに擦り傷すら負わせることなくあっさりと討伏せしめたそうです。その際に用いた闇属性魔術は驚嘆にして規格外。二角獣の群れを単独で完璧に封じ込め、冒険者たちに狩らせたとのことです」

「はあああ、参ったなああ」

ついに国王が執務机に突っ伏した。

「ティア、エイデル。余、どうすればいい？」

そうして縋るようにふたりを見てくる。その姿は王として情けなくはあるが、一方で純朴な性根と遠慮なく他者へ頼る素直さは施政者としての美点でもある。

王妃は、愛称で呼ばれたことに微笑みを浮かべつつ、目下の問題に嘆息で応えた。

「しばらくは放置していてよいでしょう。もちろん、貴族たちが余計なことをしないよう根回しをする必要はありますが……『天鈴』さまが既に、先遣隊との議事録を通して強烈な牽制をしておられます。欲をかいて屋敷を更地にされたい愚か者はそうそういないはず」

「諸外国へは？」

「こちらも特段、渉外の必要はありません。幸いにも融蝕現象が起きたのは我が国土。『天鈴』さまはこれまでと変わらず、我が国（ソルクス）に留まってくださるのですから」

「住居は、『虚の森』の深奥部へと移ってしまいましたがね」

「前人未到の『神威の煮凝り』とはいえ、我が国の一部であることは変わりありません。韜晦（とうかい）であろうと事実です」

「エルフ国（アルフヘイム）にもですか？」

「そもそもあの国、今はどのあたりにいるのです？」

「確か先月の時点で、獣人領南東部でしたか」

「無用です。必要があれば『春凪』殿が接触するでしょうし、そもそも報せたとしても報せなかったとしても、なにかを要求してくるとも思えません」

「……いっそ、うちの姫でも嫁がせるか？」

「なにを莫迦（ばか）なことを。政略婚など打診すれば城が燃えて凍りますよ」

王の冗談めかした提案は王妃に斬って捨てられた。

が、それでもそこから次善案を捻（ひね）り出（だ）すのが王妃の才覚である。

「……ノアップの耳に、さりげなく入れておきますか」

政に興味がなく、民たちを愛し、冒険者の真似事（まねごと）をしては国内外をうろつき回っている放蕩（ほうとう）

息子の第三王子。あれはヴィオレを師と慕っている。興味を持てば、シデラまですっ飛んでいくかもしれない。

初対面の民と一緒に肩を組んで酒を酌み交わすような息子だ。あれがスイ＝ハタノと友にでもなってくれたらという思いが、王妃の頭によぎった――施政者として、同時に親として。

「なんにせよ、『天鈴』さまのご子息です。利用しようなどとは考えず、敵対しないことを第一に。願わくば友好的でいられれば。森の深奥部を拠点に、たまにシデラへ出てくるくらいでしたら、むしろ今までよりも平穏でしょう」

ファウンティアはそう言って、夫と義息（むすこ）に同意を求める。

「確かに、そうだな。カズテル殿やヴィオレ殿に比肩する強さと聞いて震えていたが、聞けば穏やかな人柄のようだし、さすがにカズテル殿みたいな無茶をやらかしはせんだろう」

王が鷹揚（おうよう）に頷くと、

「車軸の改良から始まって、世界間測位魔術（GPM）に通信水晶（クリスタル）ですか。当時、子供だった私にはまるで理解できないものばかりでしたよ。今になるとその画期性とともに……とんでもないことをしでかしたな、と思わずにはいられません」

宰相も、ははは、と乾いた笑いを浮かべる。

それで話がまとまりかけていた時だった。

執務室の扉が控えめに叩かれ、応対した宰相に、伝令騎士が文を差し出す。

騎士が辞したのを確かめて扉を閉め、封を切り、中を見るエイデル。

「……義父上、義母上」

臣下としての態度を完全に忘却するほどに、宰相は狼狽していた。

故に届けられた報告書を、彼は棒のごとくに読み上げる。


「スイ＝ハタノが、まったく新しい糧食を開発。携帯と長期保存が可能で、湯に溶かすだけで滋味溢れるスープとなり、具材を煮込めば王都の料理店で供するような一品になる。……旅の糧食としてのみならず一般家庭の調味料としても有用で、普及すれば民の食に変革が起きる可能性あり。……だ、そうです」


王と王妃は――。

たっぷり十を数える沈黙の後、揃って声をあげた。

「息子はそういう方向かあ……」

第五章 ✦ 僕の第一歩

1

この世界ではまだ知られていない『味覚』がある――。

その話をした時の母さんとカレンの反応は（予想はしていたけれど）感心はしてもいまいちピンときていない、といったものだった。

当然だ。地球（あっち）でも『旨味物質を感知する味覚受容体がある』という科学的証明がなされるまで、存在自体を信じない者が多かったと聞く。塩味や甘味などのいろんな味が複雑に絡みあった結果として生まれたものじゃない？　という説の方がよほど腑（ふ）に落ちるだろう。

だから僕の目的は『旨味』の概念をこの世界に普及させることではない。

『旨味』という概念を積極的に利用して、人の暮らしに花を添えることだ――。

母さんとカレンに試食してもらってから五日後。

僕はショコラを連れて冒険者ギルド、シデラ支部を訪れていた。

顆粒コンソメを使った料理を応接室のテーブルに並べる。

溶いて塩で調えただけのスープに、食材と味付けをそれぞれ変えたポトフ。

つまり、プレゼンである。

「確かにこいつは画期的だな。ただ煮込んだだけとは思えん」

スプーンを片手に唸（うな）っているのは支部長のクリシェさん。極道の親分みたいないかつい容姿だが、小さく口元を綻ばせている。美味しかった？　美味しかったんだね？

「ギルマス、こっちも食ってみろ。森で獲れるような肉と野草を適当にぶち込んだやつでもこれだ。遠征組は泣いて喜ぶぞ」

驚きつつも、それ以上に嬉しそうな顔をするのはベルデさん。こっちは巨体とスプーンのサイズがちぐはぐで微笑ましい。だけどスプーンを器用に使って煮込んだ肉を割く様子からは、粗野なものを感じさせない。

「いやーありありねー。ウチまで御相伴にあずかれちゃうなんて、役得。それにしてもうまっ。優しい味がすんね！　おっちゃんの食ってる方はウチにはちょっと塩っ辛いや」

リラさんは受付の仕事をしていたところ、僕の知人だからという理由でしれっと付いてきた。女性の評価も聞きたいとのことでＯＫが出たのだが、僕としても丁度いい。

「わうっ！」

ショコラは縞山羊のミルクを与えられてご満悦である。気に入っちゃってるなあ。

ポトフは三種類ある。

クリシェさんが食べたのは、そこそこ豪勢な食材を用いた高級志向。

ベルデさんが試しているのは、冒険者のためにあつらえたごった煮。

そしてリラさんが頬張っているのは、手に入りやすい具材を使った一般家庭用だ。

「顆粒コンソメ自体にも塩気はあるけど、お好みによって追加で足すのもありです。森で活動する冒険者さんは汗をかいて体力も消耗してるだろうから、それを想定して塩を足しました」

やいのやいのと試食を続ける三人に、僕は解説をする。

「煮込み時間を調整することでも印象が変わります。味の沁みやすい食材は短く、煮込めば煮込むほどいいようなものは長く」

「ね、スイっち。これってパンをふやかしても美味しいんじゃない？」

「ええ、それはもちろん」

プレーンのスープを眺めるリラさんに応える。

「パンを浸けてもいいし、麦粥にしてもいい。ワインを入れるとかシチューのベースにするとか、家庭でアレンジを加えることもできます」

「問題は費用だな……」

満足げに匙を置いたクリシェさんが、鋭い目になった。

「結局のところ、この粉も無から湧いてくるわけじゃない。野菜や肉をドロドロになるまで刻んでから煮込んで、更に水分を完全に飛ばして乾燥、だったか？　かなりの手間がかかったんじゃないか」

「手作業であれば、ですね。……クリシェさん、わかってて言ってませんか？」

「すまんな、試すような真似をした」

そう言って、にやりとする。

僕がどこまで考えた上でこれを持ち込んだのか、知りたかったのだろう。

「いまおっしゃったことの大半は、魔術で工程を短縮、効率化できるはずです。もちろんある程度の素養は必要になりますが……母さんとカレンが、専用の術式を組んでくれる手筈になっていますよ」

「ほほう、それはありがたい」

クリシェさんが悪い笑みを浮かべた。

――いやあなた、ひょっとしてそれを期待してました？

「もちろん、術式の碑銘申請はしますからね」

「っ……ま、まあそうだな、当たり前のことだ」

『碑銘申請』とは魔術の術式における特許のようなものだ。公式の記録に作成者として名が刻まれる。法的に利用料などが生じるわけではないが、たとえばその術式を大いに利用して商売をした時などは、なんらかの形で作成者に恩を返すのが道義とされている。

「まあそういうのはおいおい。無料で使わせてしまうのはよくないですけど、かといって搾り取りたいわけじゃないですからね」

「わかってる。悪かった」

神妙な顔になるクリシェさん。

ただこういうシビアさには好感が持てる。付け入るべきところは付け入り、可能な限り儲けを大きくしようとするのは、街のことを第一に考えているからだろう。

だからこっちも、考え得る限りのメリットを列挙する。

こちとら受験戦争を終えたばかりの元学生だ。それなりの知識はある。

「コンソメの製造をシデラでやれば、経済が活発になります。野菜の生産、材料の加工などに人を雇ってお金が回る。お金が回れば街がより成長する」

「む……続けろ」

「シデラで生産した野菜や肉は、一部を他都市に出荷していると聞きます。たとえばその半分を顆粒コンソメに置き換えれば、輸送費が大きく削減できる。現物の需要が高くてそれができない場合でも、コンソメを加算した分の増加輸送費は最低限となる。つまり、利幅が大きい」

「なるほど、まだあるか？」

「最初のメリットにも関連しますが、冒険者の社会保障にはなりませんか？　怪我をして森に入れなくなった人や、能力が足りずに上手く稼げない人。そういった層を生産に関わらせることで、彼らの生活が安定するかもしれません」

腕組みして僕の話を聞いていたベルデさんが、おもむろに口を開いた。

「……冒険者(俺ら)の中には、脚を失って歩けなくなった奴なんてのが定期的に出る。当然、森には入れねえ。そういうのはシデラから去るか、店番なんかの座り仕事を探すか、まあ苦労するハメになる。……この調味料の生産っていう仕事ができれば、そいつらに選択肢が増える」

「森で採取できる香草とか野草の類も、今よりずっと需要が出てきます。怪我の程度によっては、森の浅い部分なら活動できる人もいるんじゃないですか？」

ベルデさんは大きく頷き、クリシェさんに視線を向けた。

そして、告げる。

「ギルマス。俺ぁ商売の話には疎い。だから金勘定に関してはあんたの意見を尊重する。ただよ……こいつは、このスープの素は——俺たちシデラに住む者にとって、それこそ変異種の死体なんてのよりも、でけえ成果になるんじゃねえか？」

「ウチもそう思います」

リラさんがスプーンを持ったまま、ポトフの皿をじっと見詰めながらぽつりと言った。

「ウチのおばあちゃん、歯が悪いんよ。ウチらがお肉をわいわい食べる時いつも、にこにこしながら、でもちょっとだけ寂しそうに見てる。……このスープ、いっぱい、いっぱい、お肉の味がするよ。これでお粥作ったら、おばあちゃんも寂しい思いをせずに済むかなあ。ウチらと一緒に、もっと、ずっと、にこにこしてくれるかなあ」

「……決まりだ」

ややあってクリシェさんが厳かに立ち上がった。

「シデラはこいつ……コンソメの製造に着手する。もちろん今すぐってのは無理だし、最初からいきなり大胆な投資をやるわけにもいかんがな。まずは試しに量産してみて冒険者に売り、次に街に普及させて、様子を見ながら拡大していく。最初は値が張るだろうが、増産すればするほど安価で提供できるようになっていくはずだ」

そうして、僕の目の前に手を伸ばす。

「お前が変異種の死体を持ち込んできたときは腰を抜かすかと思ったが、今回は脱帽だ。ベルデやリラが言うように、こいつはこの街を大きく変えるかもしれん」

「ありがとうございます！　よろしくお願いします」

僕はその手を握り返す。ごつさと力強さに負けないよう、しっかりと。

「じゃあ早速、金勘定の話だ。しっかり契約を結んどかなきゃならん。お前はその手の話も得意そうだが、穴がないかはちゃんと念入りにしろよ？」

「あ、その前に、ショコラのミルクのおかわりをお願いできますか？　さっき空にしてから、めちゃくちゃ物欲しそうにこっちガン見してるんで」

「わうっ!!」

足元で無言のアピールをしていた愛犬の背を撫でながら、胸は安堵と喜びに満ちていた。

――これはきっと、僕の第一歩になる。

2

そんなこんなで、ひと通りの打ち合わせを終えたのち。

ギルドを辞したその足で、市場へやってきた。

大通りの両脇にずらりと並んだ店の数々はいかにもって感じの光景で、既に何度か来ているにもかかわらず心が躍る。

通りの脇に置かれたベンチには待ち人が既にいた。

別行動をしていたカレンと――それからトモエさんである。

「お待たせ」

「ん、だいじょぶ」

「……カレンさ。ケーキ、いくつ食べた?」

ギルドで話し合いをしている間、カレンはトモエさんの勧める『雲雀亭』で待ってくれていたわけだけど……数時間ぶりに再会してみればやけに満足げな、具体的には「もう食べられないよお」みたいな顔をしていた。

おまけになんだか甘い匂いを身体から漂わせてる気もする。

「……そんなには食べてない」

「いくつ食べたの？」

「ショコラ、おいで」

「わうっ！」

「よしよしよし」

「わふ！　くぅーん」

しょ、ショコラを撫でて誤魔化した……！

トモエさんがにこやかに一礼をしながら僕へ言う。

「大丈夫ですわ。あのくらいはわたくしがご馳走しますから」

「甘やかさないでください、つけあがります」

「ん、すごく甘くて美味しかった」

「ほらつけあがった！」

その後、代金を払おうとしたのだが固辞されてしまった。トモエさんは先行投資ですぐふふとダメな感じに笑っていた。カレンはベンチに腰掛けてショコラを撫でながら休憩していた。

きみの食べたケーキの料金の話をしてるんだよ？

「はあ……まあ、なんにせよよろしくお願いします」

「ええ、こちらこそ。勉強させていただきますわ」

トモエさんは『雲雀亭』の制服姿ではなく、ありふれた感じの質素なドレスを身に纏っている。髪の毛もまとめず下ろしており、意識的に華やいだ雰囲気を抑えているようで、意外に目立たない。

「街歩きにはいつもこの格好なんですのよ」

「私は正直、服のことよくわからないけど……さりげなくてかわいいと思う」

「ありがとうございます。でも、でしたら今度、衣料店をご一緒しましょう？　カレンさんはお綺麗ですし、素敵なドレスをわたくしに見立てさせてくださいな。……任意の殿方も即堕ちですわよ、即堕ち」

「っ……！　近いうちにぜひ」

「聞こえてるんだよなあ」

「わう？」

女性ふたりがきゃいきゃいと市場を歩く三歩後ろを、僕とショコラはついていく。まあ、カレンが楽しそうだしいっか。

「それでスイさん。お探しのものはなんでしたっけ」

「あ、はい。茸類と乾物、それとトマト……ですね」

今回、市場に来た目的は調査だ。

つまりこの国に、旨味を多く含んだ食品がどれくらい普及しているか——である。

茸類は、旨味成分であるグアニル酸を多く含有している。こちらでもよく利用されているようだし森にもたくさん自生しているが、毒かどうかを見分けるのがまず素人には不可能だ。なので、毒がなく人工栽培されていて、かつ広く普及しているものがあるかを知りたかった。

次いで乾物。日本人の食卓に必須の出汁は、ほとんどがこれだ。ただ、乾燥昆布だの魚節だのはあまり期待できないかもしれない。そもそも出汁の概念が薄いこともあって、貝類があればラッキー、といった程度だ。

逆に、最も期待しているのがトマトである。西洋、特にイタリア料理で鉄板の野菜で、旨味成分であるところのグルタミン酸を豊富に含んでいる。ここの宿に泊まった際に煮込みが出てきたことから、トマト、あるいはそれによく似た野菜が確実にこの世界にあることもわかっていた。

「では近い方から見てまわりましょうか」

トモエさんに案内されて、市場に軒を連ねる店々を片端からひやかす。

茸は方々の店に並んであった。が、どれも森で採取したもので、人工栽培などには着手していないようだ。考えてみれば当たり前かもしれない。すぐそばにわんさか生えているものをわざわざ育てようとは思うまい。

一応、片端から少しずつ買い集めてはみたが——これをひとつひとつ吟味して、旨味の強い品種が人工栽培可能かを検証して……となると、膨大な手間がかかりそうだ。椎茸（しいたけ）か、あるいはそれに近いものがあれば一番良かったんだけど、どれもこれも見たことなかったり、本当に食べられるのかってくらい毒々しかったり、訳わからん形状をしてたり。やはり素人が手を出せるような分野ではない。

そして乾物は案の定というか予想通りというか、ほとんど存在しなかった。

シデラは海が遠いため、そもそも魚介類自体が川のものしかない。川魚でもそれなりに大きくて食いでがありそうなものは多かったが、一方でやはり昆布だの魚節だのは影も形もなく、貝の干物や煮干しですらも「そんなもん見たことないねえ」と言われる始末。

ただ唯一の収穫として、魚醬（ぎょしょう）があった。これも醬油と同様、旨味成分を多く含んだ調味料である。難点としてはかなり癖が強く、現地の人々もそんなには好んでいないそう。古代ローマとかではなんでもかんでも魚醬をぶっ込んでいたと聞くけど、こっちは隠し味程度にしか使われないらしい。

「やっぱりなかなか思うようにはいかないか」

「茸をそんなに山ほど買い込んでおいてなにをおっしゃってますの……？」

トモエさんからはもう、完全に変人扱いされている気がする。美人からジト目を向けられるのってなんだか罪悪感がすごいな……。

「乳製品なんかは豊富なんだよねえ」

街の南側で畜産が盛んなので、牛や山羊のミルクはたくさん手に入る。そのためヨーグルトやバター、チーズなどはいろんな種類がそこかしこに売られていた。ショコラが最近お気に入りの縞山羊ミルクも売っている。物欲しそうな顔してもだめ。さっき、がぶがぶ飲んだでしょ。

「くーん……」

耳をへにゃりとするショコラの頭を撫でていると、トモエさんが通りの先を指差した。

「そこ、トマトが売られてますわよ」

「おっ」

野菜類が並んでいる店のひとつに目を向ける。

山と積まれた赤い果実。

てっぺんにくっ付いた緑のヘタ。漂ってくる、青みの入り混じった独特の香り。

間違いなく、トマトそのものだ。

「ひとつもらえますか？」

「あいよ」

無愛想なおっちゃんにお金を払い、手に取ってかぶり付く。

「うん。なるほど……」

品種改良を重ねた地球のトマトと比べるとだいぶ酸っぱい。ただ、確かにグルタミン酸の味がする。

「トモエさん、トマトって、この世界でポピュラーな野菜になります？」

「い、いえ。王国に限定しても、決して広く普及しているわけではありません」

「それはどうして？」

「外も中も、真っ赤でしょう？　血みたいで敬遠されてるんですの。逆に、ここシデラではソースにしてよく供されていますわ。血みたいな色が逆に、気合いが入るとか縁起を担ぐとかで冒険者たちに人気ですの。……というか、スイさん。生でそのままかぶりつくとは、その……独創的、ですわね」

「……え？」

見ればトモエさんもカレンも、無愛想な店主のおっちゃんでさえ、僕の行動に軽くびびっていた。

「もしかして、独創的、って、だいぶ婉曲的な物言い？」

「ぶっちゃけ正気を疑っていますわ」

「ん、私もびっくりした」

「あんた、いきなりなにやってんだ。果物かなんかと勘違いしてんのか？」

「ええ……」

初めての世界間ギャップに僕は困惑する。

生では食べない？　なんで？

いや、確かに地球のトマトよりはだいぶ酸っぱいけど——と考えて、思い出す。

日本で当たり前にあるトマトって、そもそもが生食用に品種改良されたやつじゃなかったっけか。あっちの世界でも生食用はむしろ少数派で、ほとんどは加熱前提の品種だっていうこと、ネットで見た気がする。

「その……僕の故郷じゃ生でも食べるんですよ、これ。大丈夫です、正気です」

曖昧にもにょもにょ言い訳しながら、残った半分ほどを大急ぎでむしゃむしゃとやる。確かに酸っぱい。だいぶ酸っぱい。皮も硬くて厚くて口に残る。有り体にいうと、生じゃあまり美味しくない。

今更ながら顔が赤くなる。

「トマトだけに……」

「わう？」

「……っと、その！」

誤魔化すように僕は叫んだ。

「トマトって、この品種だけですか？　もっと小ぶりのやつとかありません？　掌におさまるくらいの……」

「知ってんのか、詳しいな。さすが生で食うだけある」

「いやそれはもういいですから……あるんですか？」

「ああ、そっちの籠だ。元から小せえやつらしい。物好きな農家が道楽で作ってんだがな、ソースにするにも歩留まりが悪いから人気がねえ。炒めりゃ肉の付け合わせにならんこともないけどな」

籠に視線を遣る。

投げ売りみたいに入っていたのは小さなトマト——つまり、ミ、ニ、ト、マ、ト。

それが目に入るや否や、僕は叫んでいた。

「これ、全部ください！」

「お、おう……」

完全にドン引きして距離を取ろうとする店主を他所に、僕はにやにやと笑いが止まらない。ラッキーだった。まさかミニトマトが存在して、かつ、作物として育てている農家がいるとは。

ひとつ口に放り込む。

しっかりとした濃い酸味と、さっきのトマトよりは遥かに強い甘味。日本で食べていたミニトマトにかなり近い。

「なんだよ美味いじゃん。どうしてこれが売れてないんだ？　イメージのせいか？　それとも、トマトはソースにするものだって思い込んでる？」

「またそのまま食いやがった……こいつほんとなんなんだよ……怖えよ……」

店主のたわごとは無視して、僕は背後に向き直る。

「トモエさん！」

「先ほどからの奇矯にできればもはや他人のふりをしたいところですがそれではカレンさんがかわいそうなので返事をいたします。……なんですの？」

「そういうのはせめて内心だけに留めておいてくれます？」

というか、ここから更に奇矯なことを言うからね？

「店の厨房を使わせてもらえますか。新しいお菓子、できるかもしれません」

3

かくして僕らは『雲雀亭』へと赴く。

喫茶店の奥にある厨房はけっこうちゃんとした作りで、調理器具一式と各種材料に加え、ケーキを焼くための石釜（オーブン）も備わっている。お昼時を過ぎていたこともあり、コックさんも「休憩したかったからちょうどいい」と、快く使用を許可してくれた。

「お前はさすがに他所さまの炊事場には入れないからなあ。ごめんな」

「くぅーん……」

「待ってる間、トモエさんがミルク出してくれるってさ」

「わうっ！　わうわう！」

……という現金なやりとりを経てショコラを店の裏に残し、試作のスタートである。

「スイ、トマトをどうケーキに使うの？　まさかその茸も……」

「いやそっちはさすがに使わないからね」

きのこのお菓子はありません。いや日本には別の意味であったけども。

「この前、家で話した『旨味』のことだけど。トマトっていうのは旨味が濃い食品なんだ。こっちの世界の人たちもそれを経験則的にはわかってて、だから煮詰めてソースに使ってる」

「うまみ、というののお話をわたくしは存じ上げませんが、そもそも色のせいでシデラの外ではあまり普及していませんよ」

「ええ、すごくもったいない。……でも同時に、チャンスでもあります」

買ってきたミニトマトを調理台に並べる。通常のトマトの方は酸味が強かったけれど、こっちはしっかり甘みがあって、お菓子に向いているはずだ。

「ここからはカレンにもまだ話してないことでさ。『旨味』っていうのは、相乗効果があるんだ。植物性と動物性、成分の違う『旨味』同士を合わせると、飛躍的に美味しさが跳ね上がる。足し算じゃなくて、掛け算になるんだ」

「ん、動物性とか植物性とかがよくわからないけど……トマトとお肉を一緒に食べたら美味しい、ってこと？」

「お肉？　今から作るのはケーキなのでは？」

「動物に由来する食品は、肉だけじゃないよ。ケーキにもよく使われてて、いま、店の裏でショコラが夢中になってるもの。もしくは、それから作られたもの」

僕は用意してもらった材料の中から、ひとつを手に取る。

その白い塊は、シデラで牧畜が盛んということもあって、いろんな種類のものが揃えられていた。

「トマトとチーズ。僕のいた世界のある国じゃ、鉄板だった組み合わせだよ」

――それを活かす道は、なにもピザやパスタだけではない。

最初に、ケーキの土台を作っていく。

焼き菓子の粉砕。小麦の香りが強いクッキーを選定して、麺棒で軽く叩いて割っていく。あまり細かくなりすぎない程度で止め、熱したバターを加えてよく混ぜる。

それを、ケーキ型の底に敷き詰めたらＯＫ。

続いてレアチーズ。

クリームチーズと生クリームを混ぜながら、更に砂糖をぶち込んでいく。色と風味を付けるため、潰したブルーベリーも加える。トマトとブルーベリーはよく合うのだ。……まあこのブルーベリー、『ブルーベリーらしきもの』であって、実はちょっと違う品種らしいんだけど。

でも色も香りも味もブルーベリーに近いからいけるかなって。

ほのかに青く染まったところで一部を取り分け、ゼラチンを入れて火にかけていく。

ゼラチンの歴史は地球においてもかなり古く、ナポレオンの時代にはすでにお菓子の材料として使われていたそうだ。以前この店でケーキをご馳走になった時、ゼリーを上に乗せたやつがあったので、異世界(こっち)でも普及していると踏んでいた。

煮立たないよう火加減に気を付けながら、沸騰する寸前、ゼラチンが充分に溶けきったあたりで火から下ろし、そいつを元のチーズに戻してよく混ぜる。

で、クッキーを敷き詰めた型に流し込む。

「できれば冷やしたいんだけど、氷とかがありますか？」

「お任せくださいな。わたくしの得意な魔導は氷です」

ケーキ型をトモエさんに渡すと、彼女はそれに手をかざし詠唱を始めた。じわじわと冷気が型の周囲に集っていくのがわかる。

「凍っちゃわないように気を付けてくださいね。適度に冷やすくらいで」

「かしこまりましたわ」

チーズが固まる間に、トマトをジュレにする作業だ。

ミニトマトのヘタを取って皮ごと潰し、水と合わせる。それを目の細かな笊(ざる)で漉し、皮や種だけを取り除く。

そうしてできたトマトジュースに、蜂蜜や柑橘果汁を加えて味を調えていく。

甘味と酸味、トマトの風味、そして旨味。それらが渾然一体となるバランスを見極めつつ、ゼラチンを加えて火にかける。

こちらはチーズと違い、一度煮立たせても大丈夫。煮立ったら火から下ろし、粗熱が取れるのを待つ。こっちはカレンの水属性の出番だ。

「お願い」

「ん、わかった」

ボウルに水を満たし、そこに鍋を漬ける。水がぬるくなったら捨てて新しい水。それを繰り返して、熱くないけど固まってない、くらいの按配になったら、ケーキ型、レアチーズの上に流し込むと、

「あとはしっかり冷やしたら、型を外してできあがり！」


完成。

トマトジュレのレアチーズケーキだ。

「わあ……」

ケーキが全容を見せた瞬間、カレンとトモエさんが感嘆の声をあげた。

「美しいですわ。透き通ってて、まるで宝石みたい」

「赤と青が重なった色合い……ヴィオレさまみたい」

意識してはいなかったけど言われてみれば確かに、炎と氷を同時に操る母さんをなんとはなしに連想させる。だとしたら、僕がこっちに来て初めて作ったケーキとして相応しい。嬉しくなった。

「食べてみよう。僕もぶっつけ本番だったから味が気になるんだ」

切り分けて、フォークを手に取り、いただきます。

「……っ！」

カレンが口許を緩めながら身をくねらせた。

「これは……」

トモエさんも驚愕の表情を浮かべている。

「うん、上手くできた」

トマトの香りはチーズやベリー、それに土台のクッキーと複雑に絡み合い、調和している。甘味はクリームチーズが、酸味は柑橘果汁がそれぞれ補い合い、トマト特有の青くささ、つまり野菜っぽさを見事に消し去ってくれていた。

「クリームチーズがこっちの世界にもあったの、ラッキーだったな」

確か地球でも比較的歴史の浅いチーズだ。製造過程で誤って生クリームを入れてしまい、偶発的にできたとかだった気がする。

事故で偶然に発見された製法は、その事故が起きない限り世に存在しないが、事故さえ起きればあまり時代を問わずに出現する——たぶんこっちの世界は、幸運にも後者のケースだったんだろう。

「これがあのトマトなんですの？　信じられません。注意深く味わわないと、面影が見付かりません」

「美味しい。すごく美味しい。甘さと酸っぱさがちょうどよくて、濃厚なのにさっぱりしてる」

「ええ、それでいて、あとくちに深い味が残る……」

トマトとチーズによる旨味の相乗効果だ。ふたりには言っても伝わらないと思うけれど、味の奥深さを形作っているものの根底に、間違いなくそれはある。

「石釜を使わないのにも驚きました。ケーキは焼くものだとばかり思っていましたのに、まさかゼリーやプリンみたいな作り方をなさるなんて」

「ん。でもこれは間違いなくケーキ。焼かないケーキ、すごく面白い」

「あ、そうか。そういう側面もあるのか」

自分ではまったく気付いていなかった。確かにケーキといえば基本的にはスポンジ部分を焼くもので、こっちにはその固定観念があったらしい。

クリームチーズがなかったらベイクドチーズケーキにしようと思っていたのだけど、レアチーズケーキでよかった。

しばらく三人ともが無言でフォークを動かしていた。

そしてあっという間にホールの半分ほどがなくなったところで、トモエさんが口を開いた。

「……わたくしの家、貧乏だったんです」

「え」

意外な告白だった。

育ちのいいお嬢さまみたいな立居振る舞いをいつもしているのに――いやよく考えたらたまに、逆の言動がぽろっと出てたな……。

「きょうだいの多い家でした。わたくしは一番上で、よく面倒を見させられていました。ただ、父が冒険者として活動してた頃は、裕福でないにせよ、そこまで貧しくもなかったんですのよ？　困窮したのは、わたくしが十歳の頃でしたか……父が怪我をして、それまでみたいに活動できなくなってしまってからです」

シデラでは、ままある話らしい。

「父はそれでも他の仕事を始めましたが、お酒の量も増えて。母もあくせく働いてくれたけれど、生活は苦しくなるばかりで。食べ盛りのきょうだいたちに、ひもじい思いをさせてしまって。……そんな中でした」

トモエさんは微笑みながら、続ける。

「なんだか世の中を斜めに見てるみたいな、いけ好かない態度の斥候(スカウト)です。駆け出しの頃、父に世話になったとかそんな理由で、たびたび差し入れを寄越(よこ)すようになりました。肉だったり野菜だったり、食べ物が多かったですけど……きょうだいたちの誕生日には、ケーキを買ってきてくれて」

「いけ好かない態度の斥候(スカウト)、って、ひょっとして……」

「しっ、スイ」

思わず漏れた疑問をカレンに止められ、僕は口を噤(つぐ)む。

「色とりどりの果物が載ったケーキは、まるで宝石みたいでした。隙間風の吹くあばら屋でも、それを食べている時はきょうだいみんなの顔がきらきらしていました。今ではわたくしもけっこうな高給取りになって、きょうだいたちも半分以上はひとり立ちして……貧乏な暮らしではなくなったのですけど」

視線は赤く透明なトマトのジュレにありながら、彼女は遠くを見ていた。

それはたぶん、トモエさんという人間の根幹にある——、

「わたくしにとって今でも、ケーキは幸せの象徴なんです。宝石みたいにきらきらして、宝石なんかよりよっぽど価値のある……幸せの形なんですのよ」

僕は、だから。

わざと悪どい表情を浮かべて、トモエさんに提案した。

「トマトって最初から銘打ったら、敬遠する人もいるかもしれません。だから最初は『湖に浮かぶ赤い宝石』とか、そういう気取った商品名で売りだしてみませんか？　それで話題になったら少しずつ、材料を明かしていきましょう」

「……それ、いいですわね。名前も涼しげですし、材料がわからなければその辺の三下喫茶店が真似しようとしてもできませんもの」

　トモエさんは打算に満ちた顔で、ぐふふと笑う。

「ともあれ、まずはわたくしがこれの作り方をものにしませんと。……飲み仲間に、むさ苦しい男のくせにケーキが好きな奴がいるんですの。スイさんたちがお帰りになった後は、彼奴(きゃつ)に実験台になってもらいますわ」

　彼女が微かに頬を染めていることを、僕とカレンは気が付いていた。

――それね、トモエさん。僕のいた世界じゃ「トマトみたいな顔」っていうんですよ。

インタールード　シデラ前線街　祝賀会会場

　スイたちが、雲雀亭でケーキの試食に勤しんでいる頃。

　酒場『蟒蛇(うわばみ)の棲家(すみか)』は、大いに賑(にぎ)わっていた。

集っているのは冒険者たち。二階部分をまるまる貸し切り、飲めや歌えの大騒ぎだ。

元々ここはシデラにある店の中でも比較的安価な大衆酒場であり、冒険者によるこうした宴(うたげ)が催されるのは珍しいことではない。だが本日の一席はいつにも増して、痛飲大食のどんちゃん騒ぎ、数分に一度は「乾杯！」の声が飛び交うようなものだった。

幹事を務めるのは、シデラきっての腕っこきにして冒険者たちの顔役——ベルデ＝ジャングラーである。

そして集っている連中は、つい先日、生死を共にした者たち。

禁を破って『虚の森』へ入った新人冒険者連中と、彼らを救助すべく組織された捜索隊。

つまり森の中で二角獣(バイコーン)の群れに囲まれ、スイ＝ハタノに救ってもらった一同だった。

いっときは死を覚悟した者たちが、命を拾った。その解放感と安堵は酒の肴として極上だ。

故に、方々で喜びが響き渡る。

「スイさん万歳！」

「あの若く偉大なる魔導士に、乾杯！」

「俺はカレンちゃんを推すぞ！　あの子は天使だ！」

「莫迦野郎、あの子はどう見たってスイさんとお似合いだろうが！　二角獣(バイコーン)に蹴られて死ぬか？　ああん？」

「は？　誰が付き合いたいって言ったよ！　俺はただ物陰からふたりを見守りたいんだよ。あの子の幸せを願ってるんだよっ」

「うわ、きもちわる……」

「でも、わかるわあ。あの子たち、よかったよね、なんか初々しくも以心伝心って感じで」

「そうそう、言葉少なに通じ合ってたわよね」

「私はわんちゃん撫でようとしてするっと逃げられちゃった……」

「ああ、あの犬っころもかっこよかったなー。あたしらより断然、強いわ」

「竜族(ドラゴン)と遊んでたしねえ。いやあ、森の中に住んでるだけあって違うよ」

スイのこと、カレンのこと、ショコラのこと、ひいては竜族(ドラゴン)のこと。

みながみな、命の恩人たちを褒(ほ)め称(たた)えている。

「つうか、そのふたりは呼んでねえのか？　せっかくなら一緒に飲みたかったのによ」

「今シデラにいるんでしょ？　直接会ってお礼を言いたいわ」

「いや、呼ぶには呼んだけど、日帰りしなきゃいけないいんだってよ」

「そりゃ残念だ」

「まあ、こんな酔っ払いどもが騒いでる中に放り込むのは恩を仇(あだ)で返すようなもんだろ」

「ちげえねえ！　礼をするのはまた街で会った時に取っとこう。代わりに、乾杯だ！」

「おおーっ‼」

その様子をなんとなく誇らしい気持ちで眺めながら、しかしベルデは輪から外れた席の端、ある一卓にいた。

隣に座るのは相棒の斥候（スカウト）、シュナイ。その対面には歳若い冒険者が四人――一応は酒盃（しゅはい）が手元にあるものの、喧騒とは切り離され、全員が真剣な面持ちである。

ベルデはそのうちのひとり、まだ青年に達しない少年に語りかけた。

「解散か。まあ、お前らの決めることだ、あれこれは言わねえよ」

少年を筆頭に、それぞれの顔を見る。

彼らは、この騒動の発端となった一団（パーティー）。

つまり――禁を破り森へ入った、当事者たちだった。

「それで、その後はどうするんだ？」

「……私は、冒険者を辞めようと思います。兄にも迷惑をかけましたし」

最初に答えたのは十代前半の少女だ。二角獣（バイコーン）に囲まれていた最中、疲労と消耗で昏倒（こんとう）し、捜索隊の一員である兄の腕の中で意識を失っていた娘である。

「活計のあてはあんのか？」

「いえ、それはまだ」

「お前は火属性だったな？　だったら少し待ってろ、世話してやれるかもしれん」

ついさっき決まったスイの事業――顆粒コンソメの生産に際し、組合（ギルド）が臨時職員を募るはずだ。火属性の魔導はきっと役に立つ。

「……さっそく功を奏すってわけだ」

「え？」

「心配するなってことだよ。……そっちのお前らは冒険者を続けるって話だが」

「はい。それが責任の取り方だと思うから」

「ええ。失敗しちまったけど、やっぱり俺たちにはこの道しかない」

頷いたのはふたりの男女だ。彼らは姉弟で、孤児院の出である。

「風当たりは強えぞ。酌量されたとはいえ、お前らも無罪放免じゃねえんだ。八級への降格もあるし、他の奴らからも白い目で見られる」

「わかってる。でもなおさら、あたしたちは続けなきゃ」

「姉貴の言う通りです。実際、俺たちはリーダーに賛同した。最後まで反対し続けたこの子と違って、間違いなく罪はあるんだ」

同調圧力に屈した最年少の少女――冒険者を辞める予定である娘をちらりと見遣り、弟の方が重苦しく言う。

パーティーの解散が決まったこともあってか、彼らの仲はぎくしゃくしていた。当然ではあるし、それを取り持つつもりもないが、それでもベルデの胸には無力感がある。

最後のひとりに視線を向けた。

パーティーのリーダーであり、森に入ろうと言い始めた発案者。

少年は己の罪悪感と周囲からの厳しい視線、その双方によってだいぶ憔悴していた。

「もう通達されてると思うが、お前は冒険者免許の剝奪と、苦役三年に決まった。希望通りとはいえ、かなり重い罰だ。いいのか？」

「はい」

それでも少年の目には、決意の光がある。

「むしろ軽いくらいです。これで、俺の罪が消えるわけでもない」

あの日——どうにかこうにか無事にシデラへ帰参した後。

彼らパーティーの罪を問い、罰を決するための裁判が開かれた。

その中で、リーダーである彼は必死で説いたのだ。

すべての責任は自分にある、と。

仲間に罰があるならば、可能な限り自分が被る、と。

特に最年少の娘、無理矢理に連れていったこの子はむしろ被害者なのだ……と。

もちろん、要望すべてが受け入れられるはずもない。ただ、斟酌はされた。

結果、メンバー全員への罰として冒険者等級を八級へと降格。ただし量刑はリーダーの訴えを受け入れ、彼ひとりにのみ冒険者証の剝奪に加え、懲役として苦役を三年。

刑罰はそのように決まったのだった。

冒険者の等級は一から十。うち、十級は規定年齢に満たない子供に与えられる一種の身分証明書で、九は活動一年未満の者の仮登録だ。八というのは実質的な最下級を意味する。森に続く門を潜る資格もない。

とはいえ、リーダーの少年にはもはやそれすら縁のない話だ。

懲役中――三年の苦役を勤めている間は、牢に繋がれなくとも罪人である。死ぬような重労働ではないにせよ、最低限の賃金で誰もやりたがらない仕事をやらされる生活が待っていた。

「大将。こいつらとあんたは違うぜ」

「……わかってんよ、んなこたあ」

脇を小さく小突いてきたシュナイに、ぶっきらぼうに返す。

その通りだ。若かりし日、カズテルに助けられたベルデは少なくとも――未遂とはいえ、犯罪になるような行為はしなかったのだから。

ただやはり、そうであっても。

ベルデの声音は、相手をいたわる柔らかさを持つ。

「苦役が終わったらどうすんだ？　免許の再取得申請もできないことはねえが」

「まだ、わかりません。ただ……」

問われ、少年は目を伏せる。

そうして握った拳を机の上に置き、顔を上げて言った。

「あの日……みんなが助かった後。俺らに対する視線は、当たり前だけどきつかった。俺は中し訳なくて、顔を上げられなかった。野営の時に作られた食事も、もらう資格なんてないと思ってたから、外れたところで固まってた」

声音にあるのは悲嘆ではない。

むしろ逆だった。

「でも、そんな俺らに、あの人がお椀（わん）を持ってきてくれたんだ。あの人にもわかってたはずだ。あっちにいるのが戦犯だ、って。それでも……煮込みをよそって、持ってきてくれたんだ」

少年の目尻には涙が浮かんでいる。

それでいて、声は力強い。

「言われたんだ。食べなよ、あったかいから、ってさ。……俺はその時、思った。この人みたいになりたいって」

ベルデをまっすぐに見詰めながら。

その向こうに、恩人の姿を重ねながら。

あの日のベルデのように、少年は夢を見ていた。

「あの人みたいに強くなくたっていい。格好よくなくたっていい。冒険者じゃなくったってい い。ただ、俺もあんなふうになりたい。俺みたいなクソ野郎にも……くだらねえ欲をかいて、バカをやって、そのせいで大勢の人を巻き込んで殺しかけた奴にも、笑って食事をよそえるような……そんな人に、なりたいんだ」

「……そうか」

だから、ベルデは。

少年の頭に手を置き、ぐりぐりと撫で。

あの親子のことを思いながら――笑った。

「だったらその気持ちを忘れないよう、俺が監視しとかなきゃな」

†

酒場の一階から上ってきた使いの男が、喧騒に満ちる宴席へ大声を張った。

「おい、ギルマスからの差し入れがある！　なんでも、これからギルドで開発に取り組む即席スープの試供品だそうだ。肉どっさり入れて煮込みにしてるから、食いでがあるぞ！」

それに対し、一同が歓声を上げる。

「おお、ギルマスも振る舞うじゃねえか！」

「試供品？　即席スープってなんだよ、どんな味がすんだ？」

「あたしら、酒さんざかっ喰らってるのに味がわかんのかねえ」

「うるせえなお前ら……酔っててもいいから、味を覚えてる奴らは感想を寄越せってよ……それが恩返しになるからな！」

言葉の意味に気付いた者が、どれほどいるだろうか。

ベルデは苦笑を混じらせつつも、給仕が運んできた椀を受け取り、目の前の少年たちに差し出した。

「お前ら、素面だよな？　だったらまともな舌でこれを食え。でもってそれで、感想をしたためとけ。あいつの……俺の友達の歩みを、助けてやってくれるか」

いつか彼らも、どこかの誰かに温かい食事をよそう日が来るだろう。

そしてそれはきっと、この椀と同じ味がするのだ。

エピローグ ✸ これが僕の進む道

喫茶店を辞したのち、鍛冶屋に軽く立ち寄ってノビィウームさんへ挨拶をした。

まだ包丁はできあがっていない。鉄の選定がようやく終わりそう、といったところで、そこから僕の魔力を馴染ませて、一本ずつじっくり打っていくとのことだ。

ちなみに冒険者の人たちは今日、生還を祝う飲み会をやってるそうだ。お酒がバンバン出るってのと夜を徹して行われるってことで、僕らは遠慮させてもらった。代わりに匿名でコンソメの煮込みを差し入れてもらうよう頼んだから、美味しく食べてくれてるといいな。

そうしてシデラでの本日の用事は終わり——僕らは街の外れ、今やすっかりジ・リズの待機場所となってしまった原っぱへと向かう。

「お待たせ。いつもありがとう」

「応、まあ気にするな。悠久の時を生きる儂みたいなのにとっちゃ、久方ぶりの忙しなさが楽しくさえある」

原っぱに寝そべっていたジ・リズはぬうっと首をもたげた。それにしてもやっぱり綺麗な造形をしているな。厳かというか、威風堂々というか。

「じゃあ、帰るか」

「うん、よろしくお願いします」

カレンとショコラとともに背中へ飛び乗ると、ジ・リズは翼をはためかせ空へふわりと舞い上がる。原っぱの向こうで遊ぶ子供たちが、飛び立つ僕らをわくわく顔で見ていた。手を振ってくるのに応えながら、街は遠くなっていく。

「そういえば、今日はあの子らに話しかけられたぞ」

「怖がられなくなったの？」

「まあ儂は図体がでかいだけで、なにかするでもないからなあ。どこに住んどるのか、普段なにを食べてるのか、そういう他愛ない話をした」

「……父さんと出会った時みたいに、変な質問されても怒らないようにね」

「怒らんわ！　そもそもな、この世界で竜族(われら)をトカゲ扱いしてくる奴らなど、子でもおらんぞ。カズテル殿が無知すぎただけだ」

「まあ、地球で生まれ育ったらそうなるよ……」

僕もワイバーンをドラゴンだと思ってたし——という話は、なにか危ない気がしたのでやめておく。

「それにしてもショコラは、ミルク山ほど飲めてよかったな」

「わう……」

「あっ、お腹いっぱいすぎて返事もしたくないやつだ」

ショコラはジ・リズの背で丸まって目を半分閉じている。耳もだらんとしてて、これはもうすぐ寝ちゃうな。

「冷蔵庫のミルクも少なくなってきたし、今度来た時に買い足さなきゃ。ごめん、ジ・リズ。また缶を持っていくことになる」

ミルクは昔の地球みたいに、でかい鉄製の缶に入れて運搬されている。満タンにするとちょっとした重さなので、いくぶん申し訳ない。

するとジ・リズが意外なことを言った。

「それは構わんのだが、乳なら儂の里でも手に入るぞ？」

「え、まじで」

「言っておらんかったか。そういや、ぬしが最初にあの缶を持ち帰った時、中身がなんだったのかそもそも儂が聞いちゃおらんかったわ。里では牧畜をしている。牛やら山羊やらの乳と肉、それから卵なんかも分けてやれるぞ」

「まじで!?」

「おお、ぐいっと来たな……」

卵やミルクなどは今のところ、シデラに行くたびにある程度を買い込んでは持ち帰っている。

恒常的に必要になるものなので、鶏や山羊などの家畜ごと仕入れようかと一度は考えた。だけど家畜であれば、乳や卵をもらうだけでは済まない。いずれ肉にすることもある。

それを割り切れるのか、きっちり線引きができるのか——僕にはきっと、できないだろう。一緒に過ごすうちに『家畜』と『家族』の区別を付けられなくなってしまう。

「というか、ジ・リズのところへ遊びに行くって言ってたのに、延ばし延ばしになっちゃってたよね。近いうちにそれも兼ねて一度、是非。ご家族に挨拶もしたいし」

「おお、来てくれ。皆もぬしらと会いたがっておるからな」

「ポチを連れてだと、どれくらいかかりそうかな？」

「そうさな、人の街よりよほど近いぞ。麓までは三日といったところか」

「往復で一週間くらいならちょいちょいご近所付き合いもできそうだ」

ポチと一緒に蜥車(せきしゃ)をもらってきたはいいけど、シデラの街までは片道でも十日はかかる。おまけに僕らが森を突っ切ることで獣たちの縄張りが乱れ、回り回ってシデラの冒険者たちにも迷惑をかけてしまうのだ。なのでよほどの大荷物を運ぶ時以外は、こうしてジ・リズに送迎を頼むことになってしまっていた。

かといってワゴンをあのまま遊ばせておくわけにはいかない——というよりポチ自身がどうも、車を牽くのが好きらしい。時折、ねだるようにワゴンへ身体を擦(こす)り付(つ)けることがあり、その度にごめんなとなだめていた。

「家の周りで獲れた獣の肉をわんさか積んでいくよ」

「それは嬉しいぞ。代わりに乳でも卵でも麦でも果実でも、幾らでも持っていくがいい」

「作物もあるの？　というか麦作してるの……」

竜族でしょ。どうやって。

というか畜産すらよく考えたらすごい。

「あ、うちの畑でもそろそろ野菜が採れそうなんだよね。少ないけどそっちもお裾分けできるかも」

「ほお、異世界の食物か。少し興味があるな」

「言ってもそんな極端に変わった物があるわけじゃないよ。……まあ、僕はこっちの野菜や果物って既に収穫されたやつしか見てないから、ひょっとしたら全然違うのかもしれないけど」

オレンジが地下に生ってたり芋が樹から生えてたり、そういうのがあるかもしれない。

「ねえ、スイ」

ジ・リズとそんな話をしていると、カレンが袖をひいてきた。

「どうしたの？」

「少し、気になってた。スイは家だと、あっちの世界の食材を使って料理をするよね？」

「うん」

「みりんとか醤油とかはわかる。『食糧庫』にあるやつだから、こっちの世界で増産できない。

でも、いま言ってた……畑に植えてる野菜とかは違う」

「……そうだね」

そしてカレンは、問う。

「たとえば今日のトマト。私、スイが畑でトマトを育ててるの知ってる。日本のトマト……生でも食べられる、甘いやつなんでしょ？　それをこっちの世界で育てようとは思わないの？種をシデラに持っていこうとは、思わない？」

僕は即答した。

「思わない。僕はあの家のもの……あっちの世界のものを、こっちの世界に広めたいとは思えないんだ」

それは僕の中ですごく基準が曖昧だけど、

「品種改良された野菜は確かに美味しいし、こっちの世界で殖やすことも可能だよ。冷蔵庫とか洗濯機とかの電子機器も、王都の技術者に見せたらきっと、この世界の文明はとんでもなく進むと思う。でもさ。それは、なんか違うな、って思うんだ」

線引きは、はっきりとされている。

「ジ・リズにお裾分けするくらいならいいけど、種を渡すのは違う。顆粒コンソメとか、旨味の存在とか、ケーキ作りの知識とか……そういうのは広めようとしてるのになんでそっちはダメなんだって言われると、上手くは説明できない。ただ……」

ただ。

『なんか違うな』っていう違和感がどこから来ているのかは、わかる。

「僕の故郷は、地球じゃなくてこっちだ。この世界で生まれて、あっちの世界で育って、そうしてこっちに帰ってきた。そしてこれからもずっと、こっちで生きていく」

だから、

「僕は……この世界の役に立ちたいんであって、この世界を壊したいわけじゃない。この世界とともに歩んでいきたいんであって、この世界を転がしていきたいわけじゃない」

カレンに向き直り、笑いながら言った。

「だからさ。もしカレンから見てちょっとおかしいなって思ったら、その時は止めてくれる？　それはやりすぎだって感じたら、僕を叱ってくれるかな」

†

「ん、わかった。私もヴィオレさまも、スイのこと、ちゃんと見てるから。スイが胸を張っていられるように、地に足を付けて歩いていけるように。私たちが隣で見守ってるから、だいじょぶ」

ごろん、と。

カレンは言うなり仰向けになり、僕の膝に頭を乗せてきた。

「お腹いっぱいだから寝る。着いたら起こして」

「はいはい」

隣で静かに寝ているショコラの背中へ手を回して引き寄せながら、僕の膝を枕に、ショコラの毛並みを湯たんぽに、カレンは寝息をたて始める。

僕は竜の背中でふたりの安らかな寝息を聞きながら、空を眺めた。

どこまでも続くこの青を、むかし、きっと父さんも見上げたことがあっただろう。

選んだ方法も歩む道も違うものになるだろうけど――いまの僕とかつての父さん、きっと同じ想いを抱いてたよね。

あとがき

『母をたずねて、異世界に。』二巻をお送りしました。

前巻で家族と再会した主人公のスイですが、彼にとってこの異世界は故郷であり、同時に異郷でもあります。しかも今は亡き父親が多大な功績を残した場所でもあり、そこで自分の在り方とこれからの生き方を己に問う……というお話でした。

スイの特技は料理です。ただそれは両親から受け継いだ力とか生まれ持った才能とかではなく、彼が日本での生活で地道に培ってきたものです。この主人公には、そういうものを使ってなにかを成してほしいと思いました。

地道に一歩ずつゆっくりと、まだ異郷である故郷を本物の故郷にするために、再会した家族たちとともに過ごすために。

上手（うま）く書けていたらいいなと思います。楽しんでいただけたら幸いです。

構成上、本文内で描けなかった設定や知識などについて少し。

作中で出てきた『蜥車』――トリケラトプス（っぽい生き物）のポチが牽引している車ですが、正式名称は『コネストーガ・ワゴン』です。本文内ではスイが正解を思い出せないままになってしまってましたので、こちらで。興味のある方は構造などを検索してみるのも面白いかもしれません。

また、本文においてスイが作る唐揚げは、僕の故郷である大分県で有名な『中津唐揚げ』のレシピを基本にしつつ、ちょっとだけアレンジを加えたものです。たぶん書かれた通りに作れば美味しいやつになると思いますので、もしよかったら試してみてください。

今回も作品を上梓するにあたり、様々な方にお世話になりました。

担当編集の本山さん、荒木さん。

素晴らしいイラストでキャラクターに命を吹き込んでくださったしのさま。

カクヨムで応援いただいている読者の方々。

そして本作を買ってくださったみなさま。

本当にありがとうございます。

続きとなる三巻も、叶うならぜひお届けしたいと思っております。どうか、引き続き楽しみにしていただけたら嬉しいです。

それではまたお会いできますよう。藤原祐でした。

電撃の新文芸

母をたずねて、異世界に。2
～実はこっちが故郷らしいので、再会した家族と幸せになります～

著者／藤原 祐

イラスト／しの

2024年5月17日　初版発行

発行者／山下直久
発行／株式会社ＫＡＤＯＫＡＷＡ
〒102-8177　東京都千代田区富士見2-13-3
0570-002-301（ナビダイヤル）
印刷／図書印刷株式会社
製本／図書印刷株式会社

【初出】
本書は、カクヨムに掲載された『母をたずねて、異世界に。～実はこっちが故郷らしいので、再会した家族と幸せになります～』を加筆・修正したものです。

ISBN978-4-04-915607-2　C0093　Printed in Japan

ファンレターあて先
〒102-8177
東京都千代田区富士見2-13-3
電撃の新文芸編集部

「藤原 祐先生」係
「しの先生」係